벼슬도 재물도
풀잎에 이슬일세

고승열전 18 동산큰스님

벼슬도 재물도
풀잎에 이슬일세

윤청광 지음

우리출판사

윤 청 광

전남 영암 출생으로 동국대학교에서 영문학을 전공했고, MBC-TV 개국기념작품 공모에 소설 〈末島〉가 당선되었으며, MBC에서 〈오발탄〉〈신문고〉〈세계 속의 한국인〉 등을 집필했다. 그 동안 대한출판문화협회 상무이사·부회장·저작권대책위원장·한국방송작가협회 이사·감사·방송위원회 심의위원을 역임했고, 〈불교신문〉 논설위원을 거쳐 현재 〈법보신문〉 논설위원, 법정스님이 제창한 〈맑고 향기롭게 살아가기 운동〉 본부장, 출판연구소 이사장을 맡아 활동하고 있다. BBS 불교방송을 통해 〈고승열전〉을 장기간 집필했고, 《불교를 알면 평생이 즐겁다》《불경과 성경 왜 이렇게 같을까》《회색 고무신》 등의 저서가 있으며, 기업체·단체 연수회에 초빙되어 특강을 통해 '더불어 사는 세상'을 가꾸고 있다.

BBS 인기방송프로
고승열전 18 **동산큰스님**
벼슬도 재물도 풀잎에 이슬일세

2002년 10월 23일 개정판 1쇄 발행
2021년 3월 9일 개정판 2쇄 발행

지은이/윤청광
펴낸이/김동금
펴낸곳/우리출판사
등록/1988년 1월 21일 제9-139호
주소/03746 서울특별시 서대문구 경기대로9길 62
전화/(02)313-5047, 5056
팩스/(02)393-9696
E-mail/woribooks@hanmail.net
www.wooribooks.com

ISBN 89-7561-189-2 03810

책값은 뒷표지에 있습니다.

· 지은이와 협의하여 인지를 붙이지 않습니다.
· 잘못된 책은 본사나 구입하신 서점에서 바꾸어 드립니다.

"허허, 이것 보시오! 일국의 대통령이라는 분이 감히 어디서 부처님께 손가락질을 하고 있단 말씀이요?"
"아이구, 이거 내가 실수를 했소이다. 이 외국인 손님들한테 부처님을 소개해주느라고 그만 실수를 했습니다."
대통령의 변명이 끝나자마자 동산 스님은 한마디 덧붙였다.
"법당 안에 들어오셨으면, 누구나 모자는 벗어야 합니다."
"아, 아이구, 이거 내가 또 큰 실수를 했소이다. 용서하십시오."

- '동산스님, 대통령을 꾸짖다' 中에서 -

인생은 한 토막 꿈

우리 스님은 바다와 같은 분이셨다. 넓고 넓은 바다가 천강만천(千江萬川)을 다 받아들이고도 끝없이 푸르고 한결같은 짠맛을 잃지 않듯이 우리 스님은 동서남북에서 모여드는 모든 사람을 그 넓고 포근한 품에 다 안으시고 차별없는 가르침을 베풀어주셨다.

일신의 영달을 꿈꾸었더라면 세속에서 첫째가는 의사(醫師)가 되셨을 우리 스님은 경성의전(京城醫專)을 나오시고도, 육신의 병을 고치는 의사의 길을 포기하시고, 마음의 병을 다스려주는 불문(佛門)에 들어오셔서 실로 헤아릴 수 없이 많은 중생들의 근심, 걱정, 괴로움을 씻어주셨다.

하루에 한끼도 먹고 살기 어려웠던 저 고난과 가난의 시절에도 우리 스님은 얼굴이 비치는 멀건 죽 한 그릇으로 하루를 견디시면서도 갈곳없는 젊은 수행자들을 단 한 사람도 물리치지 아니 하시고 다 받아들여 제자로 삼으시고는 "닭이 천마리면 그 가운데서 봉이 한마리 나오는 법"이라고 허허 웃으셨다.

오늘날 우리 한국 불교의 최고 지도자이신 종정(宗正) 성철 큰스님을 제자로 삼으신 것도 우리 스님에게 훗날을 내다보시는 혜안(慧眼)이 있으셨기 때문이었다.

팔도강산의 온 백성들이 헐벗고 굶주리던 시절, 사찰이나 암자도 살림 형편이 곤궁하기 짝이 없었다.

깨어진 기왓장 사이로 빗물이 새고, 감자 한 알로 끼니를 때우던

수행자가 하나 둘이 아니었다. 젊은 수행자들은 암자가 쓰러질 지경에 이르고, 아궁이에 불을 지피지 못할 지경이 되면 우리 스님께 달려와서 통사정을 하는 것이었다. 그러면 우리 스님은 천리길도 마다하지 않으시고 그 암자로 달려가셔서 법회를 열어 자비법문을 들려주셨는데, 참으로 이상한 일은 우리 스님이 법회를 열기만 하면 어디서 그렇게 많은 사람들이 몰려왔는지, 법회는 그야말로 인산인해를 이루었고, 부처님처럼 훤한 우리 스님의 얼굴을 보기만 해도 마음이 편안해지고, 근심 걱정이 사라진다고 모두들 흡족한 기쁨에 취하곤 했었다.

그러니 우리 스님께서 법회만 열어주셨다 하면 그 사찰이나 암자는 3년 먹을 양식 걱정을 안하게 되었다. 그래서 우리 제자들은 우리스님을 복을 몰고 다니며 나누어 주시는 분이라 칭송했고 '전생에 복을 많이 지으신 분'이라 우러르곤 했었다.

우리 스님은 정말이지 복이 많으신 분이셨다. 어느 사찰에 시주가 통 들어오지 않다가도 우리 스님이 그 사찰에 가 계시기만 하면 어느새 신도들이 구름처럼 모여들어서 그 사찰의 가난을 말끔히 해결해주었다.

자비가 철철 넘쳐 흐르던 우리 스님의 그 잔잔한 미소ㅡ. 그 기쁨을 맛보기 위해 얼마나 많은 중생들이 우리 스님을 우러러 찾아들었던가.

이제 세속에 남은 고해 중생들은 우리 스님의 일대기를 통해서나마 큰 자비와 큰 지혜를 만날 수 있게 되었으니 이 책을 읽음으로써 우리 스님을 만나뵙는 분들은 큰 행운이라고 할 것이요, 큰 기쁨이 되어줄 것이다.

부귀영화는 뜬구름이요, 벼슬도 재물도 풀잎 위에 이슬인줄을 알게 된다면, 인생은 한 토막 덧없는 꿈이라는 우리 스님의 가르침을 마음속에 깊이깊이 새기게 될 것이다.

불기 2537년 여름
부산 범어사주지 正觀합장

차례

1
한 젊은 의학도의 인생유전 / 15

2
마음의 병을 고쳐주는 의사가 되어라 / 37

3
어리석은 이에게 법은 갈수록 멀어라 / 51

4
젖먹이에게 매운탕을 먹일 수는 없는 법 / 65

5
저 소나무는 왜 소나무가 아니더냐 / 71

6
다리는 흘러도 물은 흐르지 않도다 / 89

7
대나무숲에서 깨달음을 얻다 / 103

8
승려가 된 마카오 신사 지효 스님 / 113

9
김치독에 소금을 듬뿍 쳐라! / 121

10
꿈도 없고 생각도 없을 때에 너는 과연 무엇이더냐 / 133

11
실성한 제자를 업고 물을 건너다 / 145

12
호랑이보다 더 무서운 청풍당 까치소리 / 157

13
동산 스님, 대통령을 꾸짖다 / 177

14
대통령이고 소통령이고 직접 오라고 해 / 193

15
닭이 천마리면 봉 한마리는 나오는 법 / 199

16
〈전국 비구승들에게 보내는 격문〉 사건 / 209

17
한국 불교의 속 알맹이를 찾다 / 233

18
산꿩은 껄껄 바닷배는 동동 / 233

19
설법제일 동산 큰스님 / 245

20
무진장 스님으로 바뀐 연유 / 257

21
한약 된장국 / 273

22
동산이 물 위에 떠다니니 일월이 빛을 잃었도다 / 281

1
한 젊은 의학도의 인생유전

때는 1912년 가을, 그러니까 조선이 일제에 의해 강제합병되어 온 나라가 도탄에 빠져 있던 시절의 어느 날이었다.

서울 종로구 봉익동에 위치한 대각사에 웬 청년 하나가 찾아들었다. 척 보기에 준수한 용모의 그 청년은 어딘가 귀공자다운 기품이 넘치는 젊은이였다.

당시 대각사에는 독립운동가이자 선학(禪學)의 대가인 백용성 스님이 머물고 있었다. 그 청년이 대각사에 온 까닭은 바로 백용성 스님을 만나고자 하는 것이었다.

청년은 마침 경내를 지나던 용성 스님의 시자와 마주쳤다.

"저, 스님. 전 이 절 용 자(字) 성 자(字) 스님을 만나뵈러 온 사람입니다. 스님은 안에 계신지요?"

"계시긴 하온데……무슨……일로 그러시는지요?"
시자가 공손히 응대하며 찾아온 연유를 물어보았다.
"예, 다름이 아니오라 오세창 선생께서 보내서 왔다고 일러주십시오."
낯선 청년이 오세창 선생의 함자를 들먹이자 시자는 새삼스러운 눈길로 그를 바라다보았다. 오세창 선생이라면 시자도 익히 알고 있는 애국지사였기 때문이다.
훗날 백용성 스님과 더불어 기미년 삼월 독립만세운동의 민족대표 33인 가운데 한 분으로 기록된 오세창 선생은 언론인이자 서예가이기도 했고 용성 스님과는 평소 가까운 사이였다.
그러한 분이 이 청년을 대각사로 보냈다고 하므로 시자는 더 묻지도 않고 용성 스님의 거처로 나아가 주저없이 이 사실을 아뢰었다.
"저, 스님. 오세창 선생께서 보내셨다는 웬 청년이 와 있습니다요."
"위창(葦滄)이?"
위창은 오세창 선생의 아호이다. 용성 스님은 친히 방문을 열고 나와 그 청년을 이윽한 눈길로 바라보았다.
티없이 맑은 얼굴과 선선한 눈빛의 청년이 조심스레 두 손을 앞으로 모으고 허리를 굽혔다.

"들어오시게."

청년은 용성 스님이 먼저 방 안으로 든 뒤에 다소곳이 따라 들어갔다.

스님이 자리에 앉기를 기다렸다가 절을 올리는 청년의 태도는 마음에서부터 우러나오는 존경의 표시로써 그 몸짓 하나하나가 지극히 공손하였다.

"그만 되었네. 이젠 자리에 앉게나."

청년이 절을 한차례 올리고 나서도 재차 몸을 굽히려 하자 스님은 흡족한 미소를 만면에 띄우고는 손을 내저었다. 그러나 청년은 스님의 만류에도 아랑곳하지 않고 연거푸 절을 올릴 자세였다.

"아닙니다. 스님을 뵈오면 반드시 삼배를 올리라는 말씀을 듣고 왔습니다."

"허허! 위창이 쓸데없는 말씀을 하셨구먼."

기어이 삼배를 올린 후에야 다소곳한 자세로 무릎을 꿇고 앉은 청년을 스님은 매우 기특하게 여기며 물었다.

"헌데, 그대는 누구이며 무슨 일로 나를 찾아오셨는고?"

"소인은 하봉규라 하옵고, 세 자(字) 창 자(字) 되는 분은 저희 고숙이 되십니다요."

"위창이 자네 고모부 되신다구? 허면, 그분이 무슨 심부름이라도 시키시던가?"

청년을 대하는 스님의 어조가 더욱더 부드러워졌다.
"아니옵니다. 고숙께서 이르시길, 훌륭한 의사가 되려면 먼저 스님을 찾아뵙고 불교경전을 배우라 하셔서 왔습니다……."
청년은 말끝에 자신이 경성의전 의학부 졸업생임을 덧붙여 아뢰었다.
"호오, 그래?"
용성 스님은 청년 의학도 하봉규를 새삼 찬찬히 살펴보았다.
"그대는 언제부터 그렇게 신학문에 뜻을 두게 되었던고?"
용성 스님의 음성에는 지극한 호기심이 담겨져 있었다. 아닌게 아니라 청년의 눈빛은 맑은 가운데 총기가 가득 넘쳐나고 있는 것 같았다. 그것은 오랜 세월 학문을 갈고 닦은 사람만이 발할 수 있는 기운일 터였다.
청년 하봉규의 대답이 이어졌다.
"예, 고향인 충청도 단양에서 한학을 배우고 보통학교를 다닐 적에 주시경 선생님의 권유로 한양 중동학교로 유학을 온 것이 계기가 되었습니다."
"허허! 거 잘하셨네그려. 그럼 금방 의사가 되겠구먼?"
"……예."
"참말 잘하신 일이네. 아, 이 젊은 나이에 양의가 되었으니 얼마나 자랑스러운 일이신가?"

스님은 마치 청년 하봉규가 당장에 의사라도 된 것처럼 기뻐해주었다. 이에 하봉규는 몸둘 바를 모르며 더욱 머리를 조아리는 것이었다.

요즘도 그렇지마는 당시에도 의사가 된다는 것은 하늘의 별을 따는 것만큼이나 어려운 일이었다.

의사가 될 수만 있다면야 입신출세를 보장받은 것이나 다름이 없었으니 용성 스님이 그토록 하봉규를 기특해 마지않는 것은 당연한 일이었다.

비록 처음 만나는 젊은이지만 용성 스님은 그를 마치 친자식처럼 정답게 대해주었다. 아마도 하봉규가 오세창 선생의 조카라는 사실 때문에 더욱 친밀하게 여겨지기도 했을 터였다.

그런데 누가 보아도 귀공자처럼 훤하게 잘생긴 젊은 의학도 하봉규가 이 스님을 만남으로써 인생의 진로를 백팔십도 바꾸고 삭발출가할 줄이야 그 누가 짐작이나 할 수 있었겠는가.

"그러니까, 불교에 대해서 무엇이 궁금하던고?"

용성 스님이 의학도 하봉규에게 물었다.

"예, 불교의 가르침이 대체 무엇인지 알고 싶습니다."

"길게 얘기하자면 수천 년을 두고 말해도 부족할 게고, 한마디로 간단히 말하자면 '착한 일 많이 하고 악한 일 하지 말라'는 것일세."

용성 스님은 청년의 물음을 부처님의 말씀 한 가지로 간단히 답해주었다.

"허허허! 듣고 보면 세 살 먹은 어린아이도 다 알고 있는 얘기지?"

"……예, 스님."

"허나 옛스님은 또 이렇게 답하셨네—세 살 먹은 어린아이도 다 아는 일이지만, 막상 그것을 실천하기는 여든 먹은 노인도 어려우니라. 허허! 어떤가? 내 말 알아들으시겠는가!"

착한 일 많이 하고 악한 일 하지 말라는 이야기는 속가에서도 얼마든지 배울 수 있는 가르침이다. 비단 불교의 가르침이 아니라 해도 그것은 사람이면 마땅히 지켜야 할 도리라는 것쯤은 청년 하봉규도 가히 짐작할 수 있는 일이다.

그러나 또한 많은 사람들이 그 단순한 이치를 알고도 실천하기는 어려운 까닭에 죄를 짓기도 하고 업을 쌓기도 하는 게 아니던가. 용성 스님의 그 짧은 말 속엔 이처럼 많은 뜻이 담겨져 있었다.

청년 하봉규의 물음이 계속 이어졌다.

"하오면 스님, 불교의 교조이신 석가모니 부처님은 대체 어떤 분이셨습니까?"

이번에도 스님은 한마디로 간단히 대답해주었다.

"석가모니 부처님은 의사셨다네."

"예?"

하봉규는 눈을 크게 뜨고 스님을 바라보았다. 그런데 정작 용성 스님은 알 듯 모를 듯한 미소를 지으며 그를 응시하는 것이었다.

"왜? 세존이 의사셨다니까 귀가 번쩍 뜨이시는가?"

"……예, 잘은 모르지만 부처님은 의사가 아니오라, 왕자로 태어나셨다가 훗날 출가하신 것으로 알고 있었사온데……."

"그도 맞는 말일 것일세. 하지만 이것 보시게. 대체 어떤 사람을 일컬어 의사라 부르던고?"

"그야, 병든 사람 고쳐주는 게……."

"허면, 내 그대에게 묻겠네."

용성 스님이 청년 하봉규에게 다시 물었다.

"그대는 무슨 생각으로 의전에 갔던고?"

"그야, 여러 사람을 병고에서 고쳐주려고 갔습니다."

"허면, 대체 그대는 어떠한 병을 고쳐주실 생각인고?"

청년 하봉규는 연이어 던져지는 용성 스님의 물음에 당황한 듯이 더듬거리며 대답하였다.

"그야, 머리가 아프거나 배가 아픈 사람, 팔다리가 성치 못하거나 종기가 생긴 사람들을……."

그의 대답이 채 끝나기도 전에 용성 스님이 재차 물었다.

"육신의 병을 고치시겠다 이거구먼?"

"……예."
"허면, 그 육신의 병보다 더 크고 무서운 병은 어떻게 고치실 텐가?"
"그, 그것이 무슨 병인지요, 스님?"
 스님은 청년의 물음에는 아랑곳하지 않은 채 고개를 들어 허공을 응시하며 딴소리를 늘어놓는 것이었다.
"내가 보기엔 그런 병을 앓고 있는 사람들이 훨씬 많다네."
"그게 어떤 병인데요, 스님?"
 이번에도 스님은 청년의 물음에 대답하지 않았다.
"부처님이 그 큰병을 어떻게 진단하셨는지 알고 싶으신가?"
"예, 스님!"
 청년 하봉규는 침을 꿀꺽 삼키며 스님에게서 대답이 떨어지길 기다렸다.
"부처님께선 우리 중생들의 병을 이렇게 진단하셨네—이 세상 수많은 중생들이 세 가지 큰병에 걸려 고통받고 신음하고 있나니, 첫째는 탐욕의 병이요, 둘째는 성냄의 병이요, 셋째는 어리석음의 병으로 이 세 가지 병을 끊어내지 않으면 여전히 고통 속에서 벗어나지 못할 것이니라."
 부처님의 말씀을 전하는 용성 스님의 음성과 표정에는 어떤 거룩한 기운이 배어나오는 것만 같았다.

"탐욕의 병, 성냄의 병, 어리석음의 병이라구요……?"

청년 하봉규는 말 하나하나의 속뜻을 헤아려보기라도 할 듯이 천천히 읊조리며 물었다.

"부처님께서는 탐욕과 성냄, 어리석음을 탐(貪)·진(瞋)·치(癡) 삼독(三毒)이라고 진단하셨네."

하봉규가 아무리 진중히 들으려 해도, 용성 스님의 말뜻을 당장 전부 알아들을 수는 없는 일이었다. 그는 잠자코 스님의 말씀이 이어지길 기다리며 마음속으로는 탐·진·치 삼독의 병을 진단하신 부처님의 큰뜻을 가늠해보고자 애쓰고 있었다.

"그대는 사람의 병을 육신의 병으로만 생각하겠지만, 우리 불가에서는 병을 크게 나누어 두 가지로 보고 있다네. 그래서 옛스님들은 이렇게 이르셨지."

용성 스님은 옛조사님들의 말씀을 예로 들어 하봉규의 의문을 풀어주려 하였다.

중생의 병에는 두 가지가 있으니,
배가 아프고 종기가 나고 상처가 나는 것은 육신의 병이요,
탐욕과 성냄과 어리석음은 마음의 병이니,
육신의 병만 고친들 무슨 소용이 있을 것인가?

청년 하봉규에게는 옛조사님들이 남겼다는 그 말씀이 어쩐지 마음속에 찡한 감동을 안겨주는 것만 같았다.

그 당시 이 나라에서 최고의 신학문을 가르친다는 경성의전에서도 '마음의 병'이란 것에 대해서는 배운 바가 없었다. 하봉규는 왠지 스님의 말씀에 빨려들어가는 듯한 느낌이 되었다.

"마음의 병이란 무엇입니까, 스님?"

용성 스님은 그 물음에 답하는 대신에 손수 차를 따라 하봉규에게 건네주며 다시 종전과 같이 껄껄 웃어대는 것이었다.

"허허허! 너무 성급하게 굴지 말고 어서 이 차나 한잔 드시게."

"……."

"어서 차나 드시래두?"

하봉규는 풀지 못한 의문에 사로잡혀 찻잔을 들고만 있었다. 그는 스님의 재차 권하는 말을 듣고서야 마지못해 찻물을 한모금 입에 대는 시늉을 하였다.

하봉규의 머릿속은 온통 그 마음의 병이란 것에 대한 의문으로 가득 차 있었다.

잠시 후, 용성스님은 찻잔을 내려놓으며 다시 하봉규에게 물어왔다.

"그대는 대체 어찌 생각하는가? 나라를 왜놈들에게 팔아먹는 데 앞장선 사람들은 멀쩡한 사람들인가, 병든 사람들인가?"

"그야……병든 사람들입니다."

"그러면 반장, 구장 자격도 없는 자들이 면장, 군수, 도지사를 해먹겠다고 설쳐대는 건 성한 짓인가, 병든 짓인가?"

"……예, 병든 짓입니다."

"남의 집 담장을 넘어가서 재물을 훔치고, 거짓말로 남을 속이는 건 병든 짓인가, 성한 짓인가?"

"병든 짓입니다."

연이어 묻는 스님의 음성은 점차 준엄한 어조를 띠고 있는데 반하여 하봉규의 음성은 점점 잦아들어갔다.

그도 마음 한켠에 깊이 깨닫는 바가 있었던 것이다. 스님의 마지막 물음이 이어졌다.

"그게 다 마음의 병이던가, 육신의 병이던가?"

"……알겠습니다, 스님."

하봉규는 그제야 확연한 깨달음을 얻었다는 몸짓으로 상체를 깊이 수그리며 스님 앞에 큰절을 올리었다.

"바로 그 마음의 병을 고쳐주신 분이 석가모니 부처님이시고, 그 마음의 병 고치는 법을 가르쳐주는 곳이 다름아닌 우리 불교일세. 알아들으시겠는가?"

사람의 육신에 생기는 탈만이 병인 줄 알고 있었던 젊은 의학도 하봉규는 백용성 스님의 법문을 듣고서 그만 눈앞이 아득해지는 것 같았다.
　이제까지 배워온 학문이라는 것이 기실은 알맹이도 없는 헛껍데기였다는 생각마저 들었던 것이다.
　"여보시게, 봉규!"
　"예, 스님."
　용성 스님의 어조가 다시 부드러워졌다.
　"사람의 육신에 생기는 병은 그대가 배운 서양의술로도 다 고칠 수 있으렸다?"
　"예, 다는 아니더라도 어지간한 병은 고칠 수 있겠습지요."
　"헌데, 저 육신 멀쩡한 사람들이 걸려 있는 마음의 병은 대체 어떻게 고쳐주시겠는가?"
　하봉규로선 감히 스님의 물음에 대꾸할 말을 찾을 수가 없었다. 잔학한 일제의 총칼 앞에서 숨 한번 크게 못 쉬고, 망국의 한에 젖어 시름에 겨운 세월을 살아야 했던 그 시절은 조선의 모든 백성들이 마음의 병으로 신음하고 있던 암흑과도 같은 세월이었던 것이다. 반면 나라와 민족을 배신한 채 오로지 자신의 부귀영화에만 눈이 어두워 매국노가 되길 자청했던 무리들도 허다했으니, 그들이야말로 가장 추악한 마음의 병을 앓는 자들이었다.
　그러한 부류들은 하봉규 자신의 주변에서도 얼마든지 볼 수 있었다. 그런데 더욱 기막힌 것은 일제에 빌붙어 매국을 일삼는 그런

병든 자들일수록 더욱 세상을 활개치고 살아간다는 점이었다.

청년 하봉규는 그렇듯이 잘못된 세상에 대해 심한 낭패감을 느낄 뿐이었다. 자신이 의사가 된다 한들 대체 무슨 수로 그 수많은 병든 자들을 고쳐낼 수 있을 것인가.

오히려 그들은 자신들의 마음이 썩어 문드러진 추악한 병자라는 사실도 모른 채 날이 갈수록 오만방자해지기 이를 데 없는 형국으로까지 치닫고 있었다.

하봉규가 이렇듯 우울한 심사에 사로잡혀 있음을 눈치챈 용성 스님은 우국의 염을 담은 음성으로 진지하게 당부하는 것이었다.

"기왕에 그대, 의사가 되실 것이니 육신의 병만 고치지 말고, 마음의 병까지 고쳐주는 그런 의사가 되시게."

경내에 저녁 예불 시각을 알리는 범종소리가 울려퍼졌다. 말씀을 마친 용성 스님이 자리에서 일어났다. 하봉규는 조용히 합장배례한 후 스님의 뒤를 따라 밖으로 나왔다.

그날 이후로 청년 하봉규는 마음의 갈피를 잡을 수가 없었다. 저녁이면 잠도 잘 수가 없었고, 통 입맛도 당기질 않아 제대로 먹지도 않으며 며칠을 지내게 되었다.

그토록 입학하기 어렵고 졸업 또한 어렵다는 경성의전을 마쳤으니 하봉규에겐 입신출세가 보장된 것이나 다름없었다. 세상사람들의 생각으로야 천하에 걱정거리가 없는 처지일 텐데도 하봉규의 심정은 착잡하기만 할 따름이었다.
 "마음의 병, 마음의 병······."
 그날도 하봉규는 밤이 깊도록 잠을 이루지 못하고 있었다. 밤새 그의 머릿속에는 백용성 스님이 들려주었던 법문이 떠나질 않았다.
 "그래! 그 말씀이 맞아! 세상이 혼탁해지고, 많은 사람들이 괴로워하고 있는 것은 바로 스님이 말씀하신 마음의 병 때문이야!"
 그러던 어느 한순간, 하봉규는 잠자리를 박차고 벌떡 일어나 앉았다.
 나라가 그 꼴이 된 것도, 백성들이 고통받는 것도, 모두가 그 마음의 병에서 비롯된 것이 아니던가. 헌데 그 마음의 병 고치는 법을 부처님께서 말씀하셨고, 그 법을 가르쳐주는 곳이 바로 불교라 하니, 하봉규는 비로소 마음의 눈이 번쩍 뜨이는 것만 같았다.
 그렇지만 과연 어떻게 하는 것이 마음의 병을 고치는 길인지는 그로서도 알 수가 없었다.
 '기왕에 그대, 의사가 되실 것이니 육신의 병만 고쳐주지 말고, 마음의 병까지 고치는 그런 의사가 되시게.'
 하봉규의 뇌리에는 용성 스님이 마지막으로 당부하던 그 말이 부처님의 말씀처럼 거룩하게 되살아나는 것이었다.
 "가만! 스님께서 주신 책에는 과연 무슨 말이 적혀 있을까?"

그는 용성 스님이 당부한 바를 실행해나갈 방안을 궁리하던 중, 문득 대각사를 물러나올 때 스님이 선사해준 책에 생각이 미쳤다.

혼자서는 아직 알 수가 없고, 용성 스님마저도 말해주지 않았던 '마음의 병을 고치는 의사'가 되는 법이 어쩌면 그 책에 적혀 있을지도 모른다는 생각이 들었던 것이다.

하봉규는 이부자리를 정리한 후에 몸가짐을 단정히 하고 부처님의 말씀이 담겨진 그 책을 펼쳐보았다.

인생은 모두 괴로움의 바다이니
태어나는 것이 괴로움이요,
병들고, 늙고, 죽는 것이 괴로움이요,
구하는 것을 얻지 못함도 괴로움이요,
미운 사람 만나는 것도 괴로움이요,
사랑하는 사람과 헤어지는 것도 괴로움이며,
다섯 가지 욕심이 생기는 것도 괴로움이라.
나는 길을 가르쳐주는 사람이니
너희에게 길을 가르쳐주었으되
그 길을 가고 아니 가고는 너희에게 달렸느니라.
나는 또한 의사와 같아서
너희에게 약을 가르쳐주었으되

먹고 아니 먹고는 너희에게 달렸느니라.

하봉규는 어렴풋이나마 자신이 가야 할 길이 부처님의 가르침 안에 있으며, 그 길을 가는 법 또한 불교의 진리 가운데 있다는 것을 깨달았다.

그는 사람의 육신에 생겨난 병만을 다루는 의사가 되고 싶지는 않았다. 그런 사람은 명색이 의사일 뿐 실상은 육신의 상처를 아물게 하고, 터진 곳을 꿰매어주며, 종기에서 고름을 짜내는 단순한 기술자에 불과한 것이다.

그날 아침, 하봉규는 동이 트기가 무섭게 다시 대각사로 찾아갔다.

'이번에야말로 기어이 마음의 병을 고치는 법을 알아내고야 말리라.'

하봉규는 그렇듯 굳은 결심을 하고 용성 스님을 만나고자 했으나 어쩐 일인지 스님을 만나는 일에서부터 난관에 부닥치게 되었다.

먼저번 스님의 거처로 안내해주었던 그 시자의 말에 의하면, 마침 스님이 참선중이어서 누구도 만날 수가 없다는 것이었다.

더구나 용성 스님은 한번 참선에 들면 이틀이고 사흘이고 선방을 나오지 않으며, 어느 때는 몇 달이 지나도록 방선(放禪)을 아니 한다니 참으로 난감한 일이 아닐 수 없었다.

"그러니 그냥 돌아가셔서 훗날 다시 오도록 하시지요. 불가에서

몇 달은 아무것도 아니요, 면벽구년(面壁九年)하신 분이 한두 분이 아니니까요."

"예? 구년씩이나 말입니까?"

그 시자는 하봉규의 반문에도 아랑곳하지 않고 빙그레 웃었다. 청정계율 불가의 엄한 법도를 어찌 감히 속인이 짐작이나 할 수 있겠느냐는, 무언의 속뜻이 담긴 그런 웃음이었다.

"아닙니다. 이틀이건 사흘이건 스님 나오실 때까지 예서 기다리겠습니다."

이에 질세라 하봉규는 절간 한 구석에 꼿꼿한 자세로 앉아 용성 스님을 기다렸다. 스님이 참선을 끝마칠 때까지 며칠이고 그렇게 앉아 있을 요량이었다.

하봉규는 그날 밤 늦게까지 자세하나 흐트러짐없이 기다리다가 기어이 용성 스님을 만나게 되었다.

"그래, 무슨 일로 또 나를 찾아오셨는고?"

"예, 저도 큰의사가 되고 싶어 다시 찾아뵈었습니다."

"큰의사가 되고 싶다?"

"예, 스님께서 이르신 대로 마음의 병을 고쳐주는 큰의사가 되고 싶사옵니다."

용성 스님은 그 말에 아무 대꾸도 하지 않고 묵묵히 찻잔을 감싸듯이 들고는 천천히 차를 마셨다. 하봉규도 스님이 찻잔을 먼저 들기를 기다렸다가 조심스럽게 찻잔을 들고 조금씩 마셨다.
 그는 차를 마시면서 마음속으로 입산출가에의 뜻을 굳히고 있는 중이었다.
 "자, 차나 한잔 더 드시게."
 이윽고 두 사람이 차 한잔을 다 비웠을 때에 용성 스님은 찻잔에 다시금 차를 따르며 하봉규에게 권하였다.
 "허락해주십시요, 스님!"
 "차나 한잔 더 드시래두 그래."
 하봉규는 스님이 자신의 간청을 허락한다는 말은 하지 않고 계속 차만 권하니 속으로 애가 달았다.
 마침내 하봉규가 두 번째 잔도 마저 비웠을 때 용성 스님이 말문을 열었다.
 "여보시게, 봉규. 그대 나이가 금년에 몇이신가?"
 "예. 경인생이니 금년에 스물셋이옵니다."
 "스물셋이라?"
 "예."
 "허면, 이미 성혼을 해서 일가를 이루었으렸다?"
 "……예."
 청년 하봉규는 잠시 머뭇거리다가 스님의 물음에 사실대로 답하였다.

　그는 이미 성혼을 해서 자식까지 두고 있는 몸이었다. 충청도 단양에 있는 고향집에서 노부모를 모시고 사는 그의 아내는 몇 해 전에 사내아이를 낳고 이제나 저제나 지아비가 돌아오기만을 손꼽아 기다리고 있을 터였다.
　하봉규의 집안 내력을 소상히 알게 된 용성 스님은 그에게 타이르듯이 말하였다.
　"부모형제를 버리고 출가하긴 쉬워도 처자식을 버리고 출가하기는 어려운 법, 일시적인 충동으로 장래를 그르쳐서는 안 될 일일세."
　"아, 아니옵니다, 스님. 결코 일시적인 충동이 아니옵니다."
　청년 의학도 하봉규는 황망히 고개를 들어 스님을 바라보았다. 지난 며칠 동안 밤잠도 제대로 못 자면서 굳힌 결심이 아니었던가.
　노부모와 처자식을 두고 출가하기로 결심하는 건 그로서도 쉬운 일이 아니었다. 하지만 세상의 큰병을 고치는 큰의사가 되기로 결심한 이상 어찌 사사로운 정에 연연해할 것인가.
　하봉규가 용성 스님을 바라보는 눈빛에는 간절한 소망이 담겨져 있었다.
　용성 스님은 하봉규의 그러한 결의를 짐짓 모른 체하고 다시 물었다.
　"허면, 부인과 자식까지 있는 사람이 삭발출가를 하겠단 말이던가?"
 "스님께서 주신 책을 보았사옵니다. 그 책을 보니 부처님께서도 싯달타 태자 시절에 이미 성혼하여 부인과 아들 하나가 있었습니다. 그런데도 싯달타 태자는 부인과 아들을 버리고 왕궁의 담을 넘어 출가하였고, 결국은 설산고행 끝에 깨달음을 얻어 부처님이 되셨다고 했습니다. 하온데 어찌 저는 안 된다고 하시옵니까, 스님?"
 "허면, 부모님의 허락을 얻고, 부인의 동의를 받아올 수 있으시겠는가?"
 용성 스님의 물음은 하봉규로서도 수십 번이나 생각해보았던 내용이었다. 그러나 그 해답은 굳이 생각해보지 않아도 불보듯 뻔한 것이었다.
 세상에 어느 부모가 세속적인 출세가 훤히 보장된 길을 버리고 삭발출가하겠다는 자식의 속뜻을 알아줄 수 있겠는가.
 하봉규의 노부모들 또한 세상의 평범한 부모들과 마찬가지로 펄쩍 뛰며 반대할 것이 분명할 터였다. 하물며 자신에게는 지아비 하나만을 하늘같이 믿고 살아온 아내와 어린 아들까지 딸려 있질 않은가.
 하봉규가 세속의 옷을 벗어버리고 입산득도의 길을 선택한 결심은 그의 가족들에게는 청천벽력과도 같은 일일 것이다.
 그러나 하봉규는 장차의 일을 위하여 당장의 인정을 결단코 끊어

내기로 결심한 것이다. 훗날, 자신이 진정 큰의사가 된다면 가솔들뿐만 아니라 이 세상 모든 중생들을 고해의 병에서 고쳐줄 수 있는 일이지 않는가.

청년 하봉규는 이번엔 아무런 머뭇거림도 없이 스님의 물음에 답할 수 있었다.

"스님! 싯달타 태자는 부왕도 모르고 부인도 모르게 새벽에 왕궁의 담을 넘어 출가하셨습니다."

"허허허허! 그대는 정녕 그렇게도 중이 되고 싶다는 말이신가?"

"허락해주십시요, 스님! 이 봉규, 기어이 마음의 병을 고쳐주는 큰의사가 되고 싶사옵니다."

청년 하봉규는 다시 한번 간청하며 스님 앞에 재차 무릎을 꿇고 앉았다. 용성 스님도 그의 다부진 언행을 보고는 더 이상 만류하지 않았다.

"정녕 그렇게 중이 되어 큰의사가 되고 싶다면, 내 서찰을 한 통 써줄 터이니 저 경상도 금정산에 있는 범어사로 내려가 있으시게."

"감사하옵니다, 스님! 감사하옵니다."

청년 하봉규는 마침내 감읍하며 용성 스님 앞에 삼배를 올리었다. 이윽고 삼배를 마치고 고개를 든 그의 얼굴엔 생불처럼 환하고 드맑은 기운이 넘쳐나고 있었다.

2
마음의 병을 고쳐주는 의사가 되어라

하봉규는 용성 스님이 써준 서찰을 가지고 부산에 있는 범어사로 내려갔다.

범어사는 동래 금정산에 위치한 절로써 우리나라 불교계를 대표하는 절 가운데 하나였다. 범어사는 신라 문무왕 10년에 의상이 창건하였고, 화엄종 10찰 가운데 하나이다. 특히 대웅전 앞에 있는 3층 석탑은 임진왜란 등의 전란을 겪고도 오늘날까지 제 모습을 간직하고 있는 우리나라 유구한 불교문화의 상징이기도 하다. 이 석탑은 현재 국보 제389호로 지정되어 있다.

용성 스님과의 만남을 계기로 양의사의 길을 포기하고 출가를 결심한 하봉규는 이제 육신의 병이 아닌 마음의 병을 고치는 큰의사가 되는 길로 들어선 것이었다. 그 길은 다름아닌 부처님의 가르침

안으로 들어가는 길이었다.

이제 막 범어사 식구가 된 하봉규는 절의 행자 노릇부터 하게 되었다. 말이 행자지, 행자는 절의 온갖 궂은 일을 도맡다시피 해야 하는 가장 낮은 직분이었다.

범어사에 첫발을 들여놓은 하봉규의 경우 역시 예외는 아니었다. 절간의 청소를 비롯해 땔나무를 구하는 일, 공양간의 불을 지피는 일 등 절의 온갖 궂은 일들이 하봉규에게 주어진 일들이었다. 어려서부터 별다른 고생없이 공부에만 열중해온 그로서는 절의 행자 노릇이 이만저만 힘든 게 아니었다. 하지만 그는 아무런 불평없이 맡은 일에 충실할 뿐이었다. 큰의사가 되고자 마음먹은 이상, 그 정도의 고생쯤이야 얼마든지 견디낼 수 있었다.

그러던 중, 하봉규가 범어사에 들어온 다음 해인 1913년 정월 보름날 아침이었다.

당시 범어사에 내려와 계시던 용성 스님이 시자를 불렀다.

"오늘 삭발할 사람이 있으니, 가위와 삭도를 준비해 오너라."

가위와 삭도를 준비해 온 시자에게 용성 스님은 행자 하봉규를 불러오라고 하였다.

이윽고 하봉규가 용성 스님 앞에 인사를 올리고 단정히 앉았다.

"그래, 그동안 어떻게 지내셨던고?"

용성 스님이 하봉규에게 넌즈시 물었다.

"예, 별 어려움없이 잘 지냈사옵니다, 스님."

용성 스님 앞에 단정히 앉은 하봉규는 머리를 조아리며 정중하게 대답하였다.

"청진기 목에 걸고 의사 노릇을 할 사람이 나뭇지게 짊어지고, 아궁이에 불 지피고……할만하던가?"

"예, 스님."

하봉규는 짤막하게 대답하였다. 그의 음성에는 어떤 어려움이라도 견뎌내리라는 다부진 결의가 배어 있었다.

"지금이라도 늦지 않았으니 서울로 올라갈 생각은 없으신가?"

"아, 아니옵니다, 스님."

"그럼, 정녕 머리 깎고 중이 되겠단 말이신가?"

"그렇사옵니다, 스님. 기어이 삭발출가하여 중생들 마음의 병을 고쳐주는 큰의사가 되겠사옵니다."

하봉규의 말이 끝나자 용성 스님은 두 눈을 지그시 감고 천천히 고개를 끄덕였다. 용성 스님은 하봉규의 마음속을 훤히 꿰뚫어보는 듯하였다.

"그대의 결심이 정녕 그러하다면 낸들 어찌 더 이상 만류할 수 있겠는가. 내 오늘 그대의 머리를 깎아줄 것이니 그리 아시게."

"예, 스님. 감사하옵니다."

하봉규는 너무나 기쁜 나머지 목소리마저 떨려나왔다. 이제 삭발을 하게 되면 사미가 되는 것이었으니 바야흐로 부처님의 친자식이 된 것이나 다름없었다.

하봉규가 계를 받아 불가에 입적하게 된 이 날, 금정산 범어사 주변의 대나무숲에서는 전에 없이 새들의 노랫소리가 유난하였다.
장중한 염송이 범어사 경내에 울려퍼지는 가운데, 젊은 의학도 하봉규가 사미계를 받는 의식이 진행되고 있었다.
이 날 계사(戒師)인 오성월 스님이 하봉규에게 계를 내려주었다.
"첫째, 불살생(不殺生)이니 모든 생명 있는 것을 죽이지 말라."
"둘째, 불투도(不偸盜)이니 어떤 물건이든 훔치지 말라."
"셋째, 불음행(不淫行)이니 어떤 경우에도 음행하지 말라."
"넷째, 불망어(不妄語)이니 거짓말을 하지 말라."
"다섯째, 불음주(不飮酒)이니 술을 마시지 말라. 이 계를 지키겠느냐?"
"예, 받들어 지키겠습니다."
수계식이 진행되는 동안, 하봉규의 마음속은 환희심으로 가득찼다. 하나하나의 계가 내려질 때마다 하봉규는 또렷또렷한 음성으로 답하였다. 말씀의 깊은 의미를 하나도 놓치지 않으려는 그의 마음 깊은 곳에서는 청청한 기운이 넘쳐나고 있었다.

"여섯째, 몸에 꽃다발을 걸거나 향을 바르지 말라."
"일곱째, 노래하고 춤추고 풍류를 잡히지 말라."
"여덟째, 언제 어디서건 높고 큰 평상에 올라앉지 말라."
"아홉째, 때 아닐 적에 결코 먹지 말라."
"열째, 결코 금은보화를 갖지 말라. 이 계를 지키겠느냐?"
"예, 받들어 지키겠습니다."

장엄염불이 울려퍼지는 가운데 십계를 내린 성월 스님은 하봉규의 왼쪽 팔뚝에 심지를 박고는 불을 붙여 연비를 마쳤다.

"이제 너는 부처님의 제자가 되었느니라."

이어 하봉규는 부처님께 삼배를 올렸다. 이로써 청년 의학도 하봉규는 홀연히 세속과의 인연을 끊고, 혜일(慧日)이라는 법명으로 새롭게 태어나게 된 것이다.

'혜일'은 본디 부처님의 지혜를 햇빛에 비유한 뜻으로, 용성 스님이 하봉규에게 손수 지어준 법명이었다.

"이제 고향에 계신 부모님을 향해 마지막 감사의 절을 세 번 올려야 할 것이야."

사미계의 마지막 의식은 부모님을 향해 세 번 절을 하는 것이었다.

부모님께 올리는 마지막 삼배의 의미는 낳아주고, 길러주고, 가르쳐주신 은혜에 감사하는 것이었다.

"부모님의 이 막중한 세 가지 은혜를 결코 잊어서는 안 될 것이야."

"예, 스님. 명심하겠습니다."

혜일은 용성 스님에게 정중히 답한 다음 고향의 부모님을 향해 삼배를 올렸다. 그 순간 가슴속은 만감이 교차하면서 뜨겁게 달구어지고 있었다.

고향에 계신 부모님 생각과 부처님의 제자가 되었다는 감동이 혜일의 마음을 새삼 격앙되게 하고 있었다.

이렇게 해서 우리나라 불교계에 들어온 분이 혜일 스님이었다. 훗날 혜일 스님 법호는 동산 대종사.

동산 스님이 입산출가한 지 석 달도 채 안 된 어느 날이었다.

강주 스님이 범어사의 주지스님인 성월 스님을 찾아와 아뢰었다.

"주지스님께서 혜일 수좌를 단단히 경책해주셔야겠습니다."

성월 스님은 갑작스런 강주 스님의 청에 의아한 표정을 지었다. 성월 스님이 보기에 혜일이 무슨 잘못을 저지를 인물이라곤 도무지 믿겨지지 않았기 때문이었다.

더욱이 성월 스님은 혜일을 강원에 보내면서 강주 스님에게 따로 가르침을 당부할 만큼 혜일에게 각별한 관심을 가지고 있던 터였다.

"주지스님께서 혜일 수좌를 특별히 당부하시지 않으셨습니까?"
"으음, 그랬었지."
"강원에 들어온 지 처음 며칠 동안은 두 눈을 부릅뜨고 열심히 공부를 하더니만……."
강주 스님은 더 이상 아뢰기가 송구스럽다는 듯 말끝을 흐렸다.
"아니 그럼, 그후로는 공부를 열심히 하지 않더란 말인가?"
성월 스님이 재촉하여 되물었다.
"말씀드리기 송구스럽습니다만……."
강주 스님의 말은 혜일이 공부를 열심히 하기는커녕 공부하는 시간 중에 슬그머니 빠져 어디론가 사라져버린다는 것이었다.
"아니, 무엇이라구? 공부 시간 중에 빠져나간다?"
"예. 하오니 주지스님께서 혜일 수좌를 따로 불러 단단히 경책을 하셔야 할 줄로 아옵니다."
혜일이 공부 시간 중에 빠져나간다는 말을 듣고, 성월 스님은 심기가 몹시 불편해졌다. 훌륭한 재목이려니 해서 처음부터 기대가 컸는데, 출가한 지 채 석 달도 안 돼 공부를 게을리한다고 하니, 성월 스님으로서도 실망이 이만저만이 아니었다.
"알았네. 내 이 녀석 버릇을 단단히 고쳐놓을 테니 염려 마시게."
성월 스님은 강주 스님이 물러가자마자 시자를 불렀다.

"냉큼 혜일이를 불러오너라."

잠시 후 성월 스님의 부름을 받고 온 혜일이 스님 앞에 무릎을 꿇고 앉았다.

"대체 무슨 까닭으로 강원 공부를 게을리 하는고?"

성월 스님의 꾸중을 들은 혜일은 뜻밖의 대답을 하였다.

"아, 아니옵니다, 주지스님. 강원 공부를 게을리한 적이 없사옵니다."

성월 스님은 행여 혜일이 거짓 변명이라도 늘어놓는가 하여 크게 노하였다. 성월 스님의 서릿발 같은 호령이 떨어졌다.

"허허, 이 사람. 내 이미 훤히 다 알고 묻거늘, 어찌 감히 거짓말을 하는고?"

혜일은 머리를 조아린 채 성월 스님의 엄한 문책에 답하였다.

"거짓말이 아니옵니다, 스님."

"그러면 공부 시간 중에 강원을 빠져나간 것은 사실이렸다?"

"예……."

성월 스님은 혜일이 바른 대로 답하는 것을 듣고서야 다소 노기가 풀린 음성으로 재차 물었다.

"강원을 빠져나간 것은 사실이라고 그랬으렸다? 내 오늘 그동안 배운 바를 몇 가지 묻겠거니와 제대로 대답을 하지 못하면 이 범어사에서 내쫓을 것이니 그리 알고 대답하게. 알겠는가?"

"예, 스님."

혜일은 성월 스님 앞에 고개를 푹 떨구었다. 성월 스님의 눈매에 잠시 매서운 기운이 스치는 것 같았다.

성월 스님은 경책 몇 권을 꺼내놓았다. 강원에서 배우는 경책의 내용을 조목조목 물어 만일 하나라도 틀린다면 그 자리에서 장군죽비를 내려칠 요량이었다. 더 나아가서는 강원공부를 게을리한 책임을 물어 범어사에서 내쫓게 될지도 모르는 일이었다. 성월 스님이 꺼내놓은 경책들은 〈초심학 입문〉과 〈발심수행장〉, 그리고 〈자경문〉이었다.

성월 스님은 경책들을 펼쳐놓더니 한 치의 어긋남도 허락치 않겠다는 듯이 엄한 표정으로 혜일을 바라보았다. 그렇잖아도 스님은 혜일에게 이 경책들을 틈틈이 읽어 늘 마음속에 담아두라고 누누이 일러왔던 터였다.

"그럼, 이제부터 묻겠거니와 단 한 귀절도 어긋남이 있어서는 이 범어사에서 나가야 할 것이야."

"예, 스님."

혜일은 성월 스님의 으름장에 공손히 머리를 조아리며 몸가짐을 바르게 고쳐 앉았다.

성월 스님은 〈초심학 입문〉을 펼쳐놓으며 첫 번째 질문을 던졌다.

"처음 불문에 들어온 사람에게 이르신 말씀 가운데 도구를 사용할 적에는 어찌하라 이르셨던고?"

"예."

혜일은 공손히 대답한 다음 또박또박 말을 이어나갔다.

"도구를 쓸 적에는 절약하여 낭비가 없도록 하고, 또 만족할 줄 알아야 하며, 밥먹을 적에는 소리를 내지 말 것이며, 그릇이나 수저를 들고 놓을 적에는 반드시 조심스럽게 해야 할 것이요, 얼굴을 들어 돌아보지 말 것이며, 맛있는 음식만을 좋아하고 맛없는 음식이라고 싫어해서는 안 될 것이며, 말없이 침묵을 지켜야 할 것이요, 쓸데없는 생각을 말 것이며……."

"그만그만."

혜일이 한 치의 어긋남도 없이 줄줄 외워나가자 성월 스님이 책장을 두드리며 이를 제지하였다. 그 대신 두 번째 질문이 던져졌다.

"그러면, 이번에는 원효 스님의 발심수행장을 어디 한번 외워보게."

이번에도 혜일은 막힘없이 대답해 나갔다.

"예, 대저 모든 부처님이 적멸궁을 장엄함은 오랜 겁을 두고 인욕 고행한 덕이요, 하고 많은 중생들이 불집 속에 넘나듦은 한량없는 저 세상에 탐욕을 놓지 못한 까닭. 막힘없는 저 천당에 가는 사

람 왜 적은가. 탐진치(貪瞋癡) 삼독(三毒)으로 재물삼은 까닭이요. 유혹없는 악한 길에 많은 사람 들어감은 네 마리 독사와 다섯 가지 욕심으로 못된 보배삼은 까닭. 그 누군들 산에 가서 도 닦기 싫어할까. 애욕 속에 얽히어서 하지 못할 따름이니 고요한 산 깊은 골에 용맹수도 못하지만 자신의 형편따라 선행공덕 지어보소."

"그만그만. 발심수행장은 끝까지 다 외워 마쳤으렷다?"

"예, 스님."

"그러면 이번에는 어디 자경문을 한번 외워보게."

"예……. 주인공아, 내 말을 들으라. 많은 사람들이 부처님 법문 중에서 도를 이루었거늘, 그대는 어찌하여 아직도 십계의 고통의 바다에서 헤매고 있는가? 그대가 비롯됨 없는 옛날옛적부터 금생에 이르기까지 참된 성품을 등지고, 객진(客塵 ; 번뇌를 일컬음)에 몸을 맡겨 어리석음에 떨어졌구나. 그리하여 항상 갖가지 악업을 지어 삼악도의 괴로운 윤회에 시달리며 모든 착한 일은 닦지 아니하고 사생의 업바다에 빠져 있구나."

"되었네, 되었어. 그리고 그 다음 다음 구절을 한번 외워보게."

"그러므로 부처님이 말씀하시기를 나는 훌륭한 의사와 같아서 병에 따라서 약을 주거니와 먹고 아니 먹고는 의사의 허물이 아니요, 나는 또한 훌륭한 길잡이와 같아서 사람들을 좋은 길로 인도하나니, 내 말을 듣고서도 가지 아니하는 것은 인도하는 사람의 허물이 아니니라."
 혜일의 대답은 어느 한군데에도 막힘이 없었다. 그는 성월 스님이 질문을 던지는 것과 거의 동시에 경책의 구절구절들을 한 치의 어긋남도 없이 술술 외워대는 것이었다. 그 정도 외우는 것으로 보아 일찌감치 경책들을 탐독해 마음에 담아두고 있는 게 분명하였다. 그 정도의 실력이면 강원에서는 더 이상 배울 게 없을 터였다. 성월 스님은 자신도 모르게 입가에 흐뭇한 미소를 짓고 있었다.
 "그만하면 공부시간에 빠져나올 만하이. 헌데, 공부시간에 빠져나가서 대체 어디 가서 무엇을 했는고?"
 성월 스님은 혜일이 강원을 빠져나간 데는 무슨 특별한 이유나 곡절이 있을 거라고 생각하였다.
 혜일이 재차 머리를 조아리며 조심스럽게 대답하였다.
 "죄송하옵니다, 주지스님. 선방에 앉아 참선수행하는 스님들이 하도 좋아 보여서 선방에 들어갔었습니다."
 "무엇이? 선방에 들어갔었다?"
 성월 스님이 적이 놀란 표정을 지으며 되물었다.
 "예, 스님. 용서해주십시오."
 계를 받은 지 채 석 달도 안 되는 사미승이 입방 허락도 없이 선방에 들어갔다고 하니 성월 스님으로서도 깜짝 놀랄 일이 아닐 수 없었다. 성월 스님은 선방의 규율을 담당하고 있는 입승을 불러서

물었다.

"아니 그래, 혜일이가 선방에 들어갔다는 게 어김없는 사실이런가?"

"예, 스님. 아무 말도 없이 들어와 앉기에 장군죽비로 후려쳐서 내쫓을까 했습니다만, 모습이 하도 엄숙하고 경건해서 차마 내쫓지 못했습니다, 스님."

"허어, 그래? 혜일이가 선방에 들어앉았더란 말이지?"

성월 스님은 믿겨지지 않는다는 듯이 입승에게 재차 확인하듯 물었다.

"다음에 또 들어오면, 그땐 사정없이 장군죽비로 내려쳐서 내쫓겠습니다, 스님."

입승은 혜일을 선방에서 내쫓지 못한 것에 대해 스스로를 책망하였다.

성월 스님은 두 눈을 지그시 감더니 잠시 깊은 생각에 빠져들었다. 역시 혜일은 맨 처음 보았을 때와 다름없이 남 달리 특출난 데가 있는 재목인 것만은 틀림없었다.

잔꾀를 부려 강원을 빠져나간 것이 아니라 스님들의 참선수행을 구경하기 위해서라고 하니 성월 스님으로선 그러한 혜일이 기특하고 대견스럽기까지 했다.

"아, 아닐세. 장군죽비로 내려쳐서 쫓아낼 일이 아니야."

"아니, 하오면 스님······."

입승은 성월 스님의 속내를 헤아릴 수 없어 어리둥절한 표정을 지어 보였다.

"혜일 수좌를 내일부터 선방에 들여보내도록 하게."

"아니, 벌써 선방에 들여보내라구요, 스님?"

입승은 두 눈을 휘둥그래 뜨며 성월 스님을 바라보았다. 아무리 뛰어난 젊은이라 해도 이제 막 계를 받은 사미승의 직분으로 선방에 들여보내라는 말씀은 입승으로선 도저히 이해할 수 없는 노릇이었다.

입승은 성월 스님의 분부가 떨어진 뒤에도 잠시 넋나간 표정을 지은 채 자리를 뜨지 않았다. 성월 스님이 재차 입승을 재촉하였다.

"혜일이는 범상히 여길 인물이 아니니 당장 들여보내도록 하게."

"알겠습니다, 스님."

입승은 그제서야 성월 스님의 방에서 물러나왔다.

이렇게 해서 훗날의 동산 대종사, 혜일 스님은 출가한 지 채 석 달도 안 되어 선방 출입을 하게 되었다.

3
어리석은 이에게 법은 갈수록 멀어라

　성월 스님의 각별한 분부가 있은 다음부터 혜일은 자유롭게 선방에 들 수 있게 되었다. 사미승으로서 맡은 바 직분에 충실하며, 경전공부에 소홀함이 없는 한 언제든지 선방에 드나들 수 있도록 허락이 떨어진 것이었다. 평소에 바라던 대로 선방에 들어가 참선수행을 하게 되었으므로 혜일은 범어사에 들어온 이래로 가장 의미로운 시간을 보낼 수 있었다.
　불가에 들어온 지 불과 삼 개월밖에 안 된 사미승의 신분으로 선방 출입의 특권이 주어졌던지라 혜일은 범어사 내의 다른 승려들로부터 주목의 대상이 되었다.
　특히 같은 신분인 경내의 다른 사미승들은 혜일을 선망의 대상으로 여기기도 하였다. 또한 선방에 든 여느 승려들도 혜일을 경이로운 눈으로 바라보곤 하였다.
 혜일은 그 해 여름 한철을 범어사 금어선원에 들어가 가부좌를 틀고 앉아 참선수행하였다. 그렇게 한철을 보내고 나니 혜일의 학문은 나날이 그 경지가 새로워졌다. 그럼에도 혜일 자신은 늘 부족함을 느껴 경전공부와 참선수행을 한시도 게을리하는 법이 없었다.
 그 해 가을, 하루는 시자가 성월 스님 문 밖에 와서 아뢰었다.
 "저, 주지스님, 주지스님!"
 "그래, 무슨 일이더냐?"
 "예, 저 혜일 수좌가 주지스님을 뵈었으면 합니다요."
 "오, 그래? 그럼 들어오라고 그래라."
 뜻밖의 방문을 받은 성월 스님은 혜일을 흔쾌히 방 안으로 불러들였다.
 혜일은 성월 스님께 인사를 올리고 단정히 앉았다.
 "그래 무슨 일이던가?"
 혜일이 앉자마자 성월 스님은 인자한 음성으로 물었다.
 "예 저, 다름이 아니오라······."
 "무슨 얘긴지 어디 해보게나."
 "예 듣자하니, 제 은사스님이신 용성 스님께서 백양사로 옮겨 계신다 하옵니다."
 "으음, 그 소식은 나도 들어서 익히 알고 있네만."

　당시 용성 스님은 백양사 만암 스님의 부탁을 받고 백양사의 운문암 조실에서 납자(衲子)들을 지도하고 있던 중이었다.
　혜일은 성월 스님을 따로 찾아온 연유를 차근차근히 말씀드렸다.
　"저, 은사스님을 찾아뵙고 한철 모시면서 공부하고 왔으면 하온데 허락해주시올른지요……."
　성월 스님은 혜일의 말이 채 끝나기도 전에 얼굴 가득히 환한 미소를 머금었다. 혜일의 영특함과 총명함을 일찍부터 알고 있었던 성월 스님은 은사스님을 한철 모시며 수행을 하겠다는 혜일의 마음 씀씀이가 더없이 좋게만 보일 따름이었다.
　"아, 그거야 이 사람아, 내가 허락하고 아니 하고가 있겠는가. 용성 스님은 자네의 은사스님이시니 찾아뵙고 한철 잘 모시도록 하게나."
　"주지스님, 정말 감사하옵니다."
　"헌데 말이야……."
　성월 스님이 허락 끝에 한마디 덧붙였다.
　"예, 스님……."
　혜일은 일어서려다가 성월 스님의 부름을 받고 엉거주춤 제자리로 다시 앉았다.
　"자네, 노잣돈은 지니고 있는가?"
　"출가한 중에게 달리 노잣돈이 무슨 소용이겠습니까? 탁발해가면서 걸어가도록 하겠습니다."
 혜일은 성월 스님의 자상한 마음씀에 내심 감격할 수밖에 없었다.
 "허허, 이 사람. 여기 부산 동래에서 전라도 백양사가 어디 일이 십리 길인 줄 아는가?"
 성월 스님은 혜일에게 손수 노잣돈을 건네주었다.
 "아, 아니옵니다, 스님."
 혜일으로서는 성월 스님의 말씀만으로도 큰 은혜를 입은 듯하였는데, 이렇듯 스님께서 직접 노잣돈을 건네주니 당황스럽고 송구스런 마음마저 드는 것이었다.
 "아, 아니옵니다, 스님."
 "허허, 어서 받아 넣어두래도 그래! 자, 어서!"
 혜일이 노잣돈을 끝까지 받지 않으려 하자 성월 스님은 짐짓 역정을 내면서 한사코 노잣돈을 건네주는 것이었다. 혜일은 하는 수 없이 그 돈을 건네받았다.
 "감사하옵니다, 스님."
 혜일이 정중한 사양 끝에 노잣돈을 건네받자 성월 스님은 다시금 환한 미소를 지으며 말했다.
 "자네, 눈이 활짝 열린 걸 보면 용성 스님께서도 기뻐하실 것이네."

"아, 아니옵니다, 스님. 과찬의 말씀이시옵니다."

성월 스님은 혜일의 얼굴이 빨갛게 달아오르는 모양을 바라보며 대견스러운 듯이 고개를 끄덕여주었다.

"친정아버지 뵈러 가는 새색시 기분이겠네그려, 응? 허허허."

성월 스님이 농조로 한마디 툭 던지며 웃음을 지었다. 혜일의 양 볼이 더욱더 새빨갛게 달아올랐다.

"그럼, 한철 모시다 돌아오겠습니다, 스님. 편안히 계시옵소서."

범어사에서 백양사까지 가는 길은 멀고도 험했다. 마음 같아선 한걸음에 달려가서 백양사에 계신 은사스님을 뵙고 싶었지만 그것은 마음뿐이었다. 하늘을 날 듯한 마음이 느린 발걸음을 까마득히 앞서만 가고 있었다.

혜일은 사람들에게 물어물어 며칠을 걸어간 끝에 전라도 장성에 있는 백양사에 당도하였다.

운문암에서 용성 스님을 찾아뵌 혜일은 깍듯이 예를 갖춰 인사를 올렸다. 은사스님을 오랜만에 찾아뵌 혜일의 마음은 기쁘기 그지없었다. 제자를 대하는 용성 스님의 마음 역시 기쁘지 아니할 수 없었다.

하지만 용성 스님은 반가운 기색을 감추고는 먼길을 걸어온 제자를 야단부터 치는 것이었다.

"이 사람, 입산출가한 지 얼마나 되었다고 벌써부터 이렇게 왔다 갔다 한단 말이던가!"

"그렇지 않사옵니다, 스님. 여기 온 게 초행이옵니다."

"글쎄 범어사에 눌러앉아 공부나 열심히 하고 있을 일이지, 무슨 일로 나를 찾아왔단 말이던가?"

혜일은 은사스님의 꾸지람을 들으면서도 그 꾸지람의 속뜻을 충분히 헤아릴 수 있었다.

"스님 모시고 선방에서 한철 지내고자 하오니 허락하여 주시옵소서, 스님."

"무엇이라구? 내 밑에서 선방에 들겠다?"

용성 스님은 선방이라는 말에 적이 놀라운 표정을 지었다. 그도 그럴 것이 이제 갓 사미계를 받았을 혜일의 처지에서 선방을 드나든다는 것은 어불성설에 다름아니기 때문이었다.

용성 스님이 놀라워하는데도 혜일은 당황하는 기색도 없이 침착하게 대답하였다.

"예, 그렇사옵니다, 스님."

"허허, 이 사람. 아니 벌써 선방에 들 생각을 하다니 강원공부는 어찌하셨는가?"

"강원공부는 그만하면 족하다 하시고 범어사 선방에 넣어주셔서 이미 한철 지냈사옵니다."

"허허 이런, 공부가 아무리 급하다고 해도 차근차근 지어 마쳐야 할 것이 많고 많거늘……. 발심수행장, 계초심학 입문, 자경문은 어찌하셨는가?"

"예, 범어사에서 배워 마쳤습니다."

혜일은 은사스님의 물음에 다소곳이 대답해 올렸다.

용성 스님은 놀라운 기색을 감추며 재차 물었다.

"허면, 내가 일찍이 꼭 보아두라는 부처님 경전은 제대로 보아두셨는가?"

"비록 그 이치는 다 깨달아 얻지 못하였으나, 마음에 깊이 담아 두고 있사옵니다."

혜일이 겸손하게 답하였다.

"그동안 공부를 제대로 얼마나 했는지 점검할 것이니, 내가 묻는 바를 일러야 할 것이야."

"하오면, 스님……."

"내가 묻는 바를 시원하게 이르면 선방에 들게 할 것이로되, 내가 묻는 바를 시원하게 이르지 못하면 그대는 이 길로 범어사로 되돌아가야 할 것이야. 아시겠는가?"

"예, 스님."

이윽고 용성 스님이 혜일에게 첫 번째 질문을 던졌다.

"부처님께서는 이렇게 이르신 일이 있었네. 이 세상 모든 사람들에게는 스무 가지의 어려움이 있느니라. 그러면 대체 그 어려운 일 스무 가지는 과연 무엇이던고? 이 자리에서 어서 일러보시게!"

은사스님으로부터 첫 번째 질문을 받은 혜일은 지그시 두 눈을 감고 깊은 생각에 빠졌다.

일찍이 부처님은 이 세상 모든 사람에게는 스무 가지 어려운 일이 있다고 지적하시고, 이 어려운 일을 능히 해내야 지혜로운 사람이라고 가르치신 바 있었다. 그런데 바로 그 스무 가지 어려운 일이 과연 무엇 무엇인지, 그것도 앉은 자리에서 이르라고 하시니 혜일로선 난감한 일이 아닐 수 없었다.

"어찌 냉큼 이르지 못하시는가?"

혜일이 잠시 입을 떼지 못하자 용성 스님이 다그쳤다. 사미승인 혜일이 선방 출입을 운운하였기에 용성 스님은 만일 혜일이 제대로 답하지 않으면, 그 길로 당장 범어사로 되돌려보낼 작정이었다.

이윽고 혜일이 조심스럽게 말문을 열었다.

"경전에서 보아 분명히 마음속에 담아 두었습니다만, 그 스무 가지의 어려운 일, 부처님이 말씀하신 대로 맞을지 그것은 장담할 수가 없겠습니다, 스님."

혜일은 잠시 생각하고 난 후 계속 말을 이었다.

"부처님께서는 이렇게 말씀하셨습니다. 사람에게는 스무 가지의 어려움이 있다―가난하고 궁핍하면서 보시하기 어렵고, 돈많고

지위가 높아서는 도를 배우기 어려우며, 목숨을 던져 죽기를 바라기 어렵다. 살아서 부처님 세상을 만나기 어렵고, 부처님 경전을 얻어보기 어려우며, 색심과 욕심을 참아내기 어려우며, 좋은 것을 보고 갖고 싶은 생각을 내지 않기 어렵고, 남에게 욕을 먹고 성내지 않기 어렵나니라. 또한 권세를 가지고 뽐내지 않기 어려우며, 일을 당했을 때 무심하기 어렵다……."

혜일은 한번 입이 떨어진 후에는 막힘없이 스무 가지를 줄줄 외워나갔다.

이제 계를 받은 지 몇 개월밖에 안 된 사미승이 저렇듯 경전에 밝아진 모습으로 스승을 찾아주었으니 용성 스님으로선 놀랍기도 하거니와 대견스럽기까지 했다.

하지만 용성 스님은 자신의 속내를 드러내 보이지 않았다.

"아직 몇 가지 더 남아 있네."

혜일은 나머지 귀절들을 외워나갔다.

"널리 배워 두루 참구(參究)하기 어렵고, 야만심(我慢心) 버리기 어려우며, 무식한 사람을 얕보지 아니하기 어렵다. 마음을 평등하게 쓰기 어렵고, 남의 옳고 그름을 말하지 않기 어려우며, 선지식을 만나기 어렵고, 자성을 보아 도를 깨닫기 어렵다. 형편따라 교화하여 사람을 제도하기 어렵고, 어떤 경우를 당해 마음 움직이지 않기 어려우며, 방편을 잘 알기 어려우니라."

혜일이 스무 가지를 모조리 외우고 나자 용성 스님은 흡족한 표정을 지어 보였다.
"허허허! 과연 마음에 깊이 담아두었었네그려. 허면 한 가지만 더 묻겠네. 과연 부처님 법은 어떻게 생각하고, 어떻게 행하라 하셨던고?"
"예, 부처님께서 이르시기를—내 법은 생각함이 없이 생각하고, 행함이 없이 행하며, 말함이 없이 말하고, 닦음이 없이 닦는다. 그러므로 이를 아는 사람에게는 가깝지만 어리석은 사람에게는 갈수록 아득할 뿐이니, 무어라 말할 길이 끊어졌으며, 사물에 걸릴 것이 없으니 털끝만치라도 어긋나면 잃기도 잠깐이니라. 천지를 볼 때 덧없음을 생각하며, 마음을 볼 적에는 그대로를 보리라고 생각할지니라."
"하하하하…… . 이젠 되었으니 그만하면 선방에 들어가도 탈은 없을 것이야."
용성 스님은 그제서야 혜일을 선방에 들어가도록 허락하였다. 혜일 정도면 능히 선방에서 참선을 행할 수 있는 자격을 갖춘 셈이라고 판단했기 때문이었다.
"감사하옵니다, 스님. 감사하옵니다."
혜일은 은사스님 문하에서 참선수행을 할 수 있게 되었다는 생각에 더없이 기쁜 마음이 되었다.

　이렇게 해서 그 해 가을 한철, 혜일은 백양사의 운문암에서 용성 스님을 모시며 참선수행을 하였다.
　당시 백양사의 주지스님으로 계시던 만암 스님도 혜일의 남다른 수행자세에 탄복하여 용성 스님에게 친히 경하의 말을 전하곤 하였다. 그렇듯 훌륭한 제자를 두었으니 만암 스님으로서도 용성 스님의 덕화에 내심 경탄해 마지않았던 것이었다.
　혜일이 용성 스님 문하에서 참선수행을 하고 있던 그 해 늦가을의 어느 날 밤이었다. 운문암 선방에서 방선(放禪)을 알리는 죽비소리가 울리자, 용성 스님은 시자를 불러 분부하였다.
　"지금 얼른 가서 혜일 수좌 좀 오란다고 그래라."
　"예, 스님. 알겠사옵니다."
　잠시 후 용성 스님의 부름을 받은 혜일이 은사스님 앞에 예를 갖춰 앉았다.
　그즈음은 혜일이 용성 스님 문하에 들어와 참선수행한 지도 여러 달이 지난 후였다.
　용성 스님이 혜일에게 넌즈시 물었다.
　"그래, 요즘 수행은 잘되어가고 있으시던가?"
　수행이 잘되느냐는 은사스님의 급작스런 물음에 혜일은 선뜻 자신있게 대답할 수가 없었다. 혜일은 가을 한철 내내 수행에 몰두해 왔지만, 정작 저 자신의 수행 경지를 생각하면 스스로가 한없이 부족하게만 느껴지기 일쑤였다.
 "말씀드리기 죄송하오나, 수행이 잘되는 것인지, 아니되는 것인지 아직은 잘 모르겠사옵니다, 스님."
 혜일의 겸손한 자세에 용성 스님은 부드럽게 미소를 지어 보였다.
 "허허허, 그러실 테지. 벌써 수행이 잘되어간다고 하면 그것은 터무니없는 소리."
 이윽고 용성 스님은 미리 준비해놓은 듯한 서책들을 혜일에게 건네주며 말했다.
 "이 서책들을 잘 보아두시게."
 "예, 스님. 하온데 이 서책들은 무슨 서책이온지요?"
 용성 스님이 혜일에게 특별히 전해준 서책들은 전등록(傳燈錄)과 선문염송(禪門捻頌) 등의 서책들이었다. 그 서책들은 손때가 잔뜩 묻어 어떤 고색창연한 윤기마저 나고 있었다.
 "이 많은 전등록과 선문염송을 다 보아야만 비로소 수좌라고 할 수 있는 게야."
 "아니 하오면, 이 혜일이는 아직 수좌 축에도 끼지 못한다는 말씀이시옵니까?"
 혜일이 황망한 표정을 짓자, 용성 스님이 호탕하게 웃으며 말했다.

"하하하! 수좌 흉내를 내고 있었을 뿐, 전등록과 염송을 배워 마치지 아니하면 어느 선방에 가서도 감히 수좌 소리를 못하는 법. 부지런히 보고, 열심히 참구해서 옛조사님들이 과연 어떻게 닦아나 가셨는지 수행의 거울로 삼도록 하시게."

"예, 스님. 부지런히 배우고 참구하겠습니다."

혜일은 용성 스님에게 큰절을 올렸다.

4
젖먹이에게 매운탕을 먹일 수는 없는 법

혜일은 용성 스님을 모시고 백양사 운문선원에서 전등록을 읽고 선문염송을 배웠다. 혜일의 두뇌가 워낙 명석한지라 한번 보면 그대로 다 외울 뿐만 아니라 깊고 오묘한 뜻까지 다 깨우쳐 보이니 스승인 용성 스님도 속으로 혀를 내두를 정도였다.

하지만 용성 스님은 결코 그 기쁨과 대견함을 겉으로 드러내지 아니한 채 수시로 제자의 공부를 점검하는 것이었다.

하루는 시자가 용성 스님을 찾아와 아뢰었다.

"스님, 혜일 수좌가 만나뵙기를 청합니다."

"그래? 그러면 가서 오란다고 그래라."

그렇잖아도 제자의 공부를 점검할 때가 되어 한번 부를 참이었으므로 용성 스님은 혜일의 방문을 흔쾌히 허락해주었다.

혜일이 예를 올리고 나서 자리에 앉자, 용성 스님은 넌즈시 이렇게 물어보았다.

"여보게, 혜일 수좌. 혜일이라는 그대의 법명은 분명히 내가 짓기는 지었는데, 대체 그 지혜는 어디에 있는 것이던고?"

용성 스님의 급작스런 물음에 혜일은 대답대신 당돌한 물음을 꺼내었다.

"원참 스님두, 그건 바로 제가 스님께 여쭤봐야 할 일이 아니겠습니까요?"

"허허, 그러지 말고 어디 한번 일러보시게."

용성 스님은 짧은 웃음 끝에 재차 똑같은 물음을 되풀이하였다.

혜일은 잠시 생각한 연후에 한마디로 받아넘겼다.

"지혜는 어디에도 없사옵니다."

"허면, 그 지혜라는 게 아예 없는 것이다, 그런 말이던가?"

"하오면 스님, 대체 바람은 어디에 있는 것이옵니까?"

"그야 바람은 어디에도 없지."

이번에는 용성 스님이 한마디로 받아넘겼다. 그러자 혜일은 스승께 되물었다.

"그렇다면 스님, 바람은 아예 없는 것이다, 그런 말씀이시옵니까?"

"으음? 하하하하! 그러고 보니 오늘은 내가 혜일 수좌 올가미에

걸려들었구먼 그래. 하하하하!"

제자와의 짤막한 선문선답이 오가는 동안 노승의 호탕한 웃음소리가 터져나오곤 하였다.

용성 스님의 웃음소리가 채 끝나기도 전에 혜일이 문득 진지한 음성으로 여쭈었다.

"스님!"

"왜?"

"세상 중생들은 너나없이 행복하기를 원하고, 그 행복을 구하고 있습니다."

"그, 그야 그렇지. 그래서?"

"대체 그 행복이라고 하는 것은 어디에 있는 것이옵니까?"

"그 대답은 이미 그대가 알고 있을 터!"

용성 스님은 넌즈시 제자에게 그 답을 이르도록 하였다. 조금 전 문답이 오갈 때에 혜일 스스로가 썩 훌륭하게 답하지 않았던가!

이윽고 혜일이 조심스럽게 답하였다.

"어디에도 있고, 어디에도 없다고 대답해 올리면 스님께서는 맞다고 하시겠습니까, 어긋났다 하시겠습니까?"

"일찍이 부처님이 이르신 대로지. 고구마 한 개를 손에 들고도 만족해하는 사람은 행복할 것이요, 금거북이를 손에 쥐고도 모자란다 모자란다 안달을 하는 사람은 행복하지 못할 것이니, 행복은 어디에도 있고, 또 어디에도 없는 것. 그대의 대답이 맞다고 할 것이야."

그 해 겨울, 어느 날 밤이었다.
그날 밤, 혜일 수좌와 다른 수좌 몇몇이 은사이신 용성 스님과 함께 앉아 있었는데, 한 수좌가 스님에게 여쭈었다.
"스님, 오늘 책장을 넘기다 보니 해괴한 귀절이 있었사옵니다."
"해괴한 귀절이라니?"
'부처도 무엇이요, 조사도 무엇이니, 살부살조(殺父殺祖)를 해서 무엇에게나 던질 것이요' 하는, 그 해괴하기 짝이 없는 귀절을 자기로선 도무지 이해할 수가 없다는 것이었다.
"원 하두 미친 사람 잠꼬대 같아서 제대로는 기억이 안 납니다만, 이런 얘기는 십 년 수좌도 알아먹지 못할 것이니, 저 같은 신참이야 근처에도 못 가겠습니다만 그 말을 선방에 들어앉아 수좌들만 있는 자리에서 했기에 망정이지, 만일에 이런 잠꼬대 같은 소리를 저잣거리에서 세상 중생 다 들으라고 떠들었다면, 스님께선 어찌하시겠습니까?"
"글쎄 그 또한 깨달음의 경지일 테니 낸들 무슨 할말이 있겠는가마는 그대는 그럼 어찌하겠는고?"
용성 스님은 대답을 뒤로 미룬 채, 수좌의 의향을 먼저 물었다.

"만일 저잣거리에서 세상 중생 다 듣게 그런 잠꼬대 같은 소리를 했다고 하면, 그 깨달음의 경지가 천상인지 시궁창인지는 잘 모르겠사오나, 저 같으면 그 입에다 된장을 쳐발라놓겠습니다요, 스님."

수좌가 비아냥거리며 대답하자, 일동은 일제히 웃음을 터뜨렸다.

"허허!"

용성 스님이 잠시 탄식하듯 웃어넘긴 후, 이번에는 혜일에게 물었다.

"그러면, 혜일 수좌는 어찌 생각하는고?"

혜일은 맑은 눈빛을 들어 스승의 물음에 대답을 해올렸다.

"설마한들 조사님께서 세상 대중 다 듣는 데서 그런 소릴 하시겠습니까만, 만일 그런 일이 있다고 한다면, 이것은 어른들에게나 먹여야 할 펄펄 끓는 매운탕을 젖먹이 갓난아이에게 퍼먹인 꼴이라 하겠습니다, 스님."

과연 혜일다운 명답이었다. 이 말의 진의를 깊이 헤아린 용성 스님이 껄껄 웃으며 좌중을 돌아보았다.

"허허 저런! 펄펄 끓는 매운탕을 젖먹이에게 먹이다니 살인나겠네그려, 하하하하."

5
저 소나무는 왜 소나무가 아니더냐

혜일 스님은 은사이신 용성 스님 문하에서 전등록과 선문염송, 그리고 범망경과 사분률을 배워 마치고 법안이 크게 밝아지게 되었다. 이에 용성 스님은 나날이 지혜눈이 밝아져가는 제자의 모습을 흡족히 여겼다.

세월은 흘러 1914년 봄.

어느덧 혜일 스님, 그러니까 훗날의 동산 스님이 불가에 들어온 지도 이태가 지난 어느 날이었다.

좀처럼 제자를 앞에 두고 칭찬해주는 법이 없었던 용성 스님이 그날은 왠지 전과는 다른 말을 해주는 것이었다.

"여보게, 혜일 수좌!"

"예, 스님."

"내 그동안 하나를 보면 열을 알고, 하나를 알면 백 가지를 깨우친다는 말을 수없이 들었네만, 이는 필시 혜일 수좌를 두고 한 얘기 같으이."

"아, 아니옵니다요, 스님! 무슨 그런 과찬의 말씀을 하시옵니까요!"

생각지도 않았던 스승의 칭찬을 듣게 된 혜일 스님의 낯빛이 붉게 물들었다. 용성 스님은 제자의 겸손함을 익히 알고 있던 터라 고개를 끄덕이며 빙그레 미소를 지었다.

"그건 그렇고, 내 그대에게 한 가지만 물어보겠네."

"예, 스님. 말씀하시지요."

"그대도 아다시피 지금 우리 조선 불교계는 계율이 무너져서 청정했던 본래 모습을 찾을 길이 없어졌네."

어지러운 세속풍조에 발이라도 맞춰가듯이 불교도 왜색에 젖어 기강마저 흔들리던 그때가 아니었던가.

용성 스님은 나지막히 한숨을 내쉬었다.

"이제 그대가 사분률을 배워 마쳤으니 어디 한 번 일러보시게. 대체 부처님 교단에 어찌하여 계율이 생겨나게 되었던고?"

사분률(四分律)이라 함은 4대계율서 가운데 하나로 전체 60권의 책으로 이루어진 율문이었다.

혜일 스님은 스승의 물음에 공손히 대답하였다.

"예, 부처님 제자 가운데 수디나라는 제자가 있었습니다."
"그래, 그 수디나가 어찌했던고?"
"늙으신 어머니의 간청에 못 이겨 출가하기 전의 부인과 음행을 했습니다."
"그래서?"
"이를 아신 부처님께서 그를 크게 꾸짖으신 연후에 계율을 정하셨던 바, 열 가지 뜻과 함께 내리셨사옵니다."

혜일 스님은 불교에 계율이 생겨나게 된 연유와 부처님이 이르신 열 가지 뜻을 하나하나 열거하였다.

"어리석은 제자 수디나의 잘못을 꾸짖으며 다시는 그런 잘못이 제자들에게 되풀이되지 않도록 하려는 뜻에서 계율을 정한 연후에 부처님께서는 이렇게 말씀하셨습니다―첫째는 교단의 질서를 바로잡기 위해서요, 둘째는 여러 대중을 기쁘게 하기 위해서요, 셋째는 대중을 안락하게 하기 위함이니라. 넷째는 믿음이 없는 이를 믿게 하기 위해서요, 다섯째는 이미 믿는 이들의 믿음을 더욱 굳게 하기 위함이니라. 여섯째는 다루기 어려운 일을 잘 다루기 위해서요, 일곱째는 부끄러운 줄 알고 뉘우치는 이를 안락하게 하기 위함이요, 여덟째는 현재의 실수를 없애기 위해서요, 아홉째는 미래의 실수를 막기 위해서요, 열째는 바른 법을 오래 가게 하기 위해서니라."

과연 혜일 스님의 배움은 한 치의 어긋남도 없는 것이었다.
 용성 스님은 참으로 대견스러워하는 눈빛으로 혜일 스님을 바라보았다.
 "그래, 부처님께서는 그렇게 말씀하시고 계율을 제정하셨지. 그런데 우리 불교는 오늘날에 이르러 2백5십 비구계는커녕, 스물다섯 가지 계율을 지키는 중도 갈수록 줄어들고 있으니……. 그대는 이제 계율을 더욱 확실히 지키고 선지를 밝혀 쓰러져가는 조선불교를 다시 반듯하게 일으켜세워야 할 것이야. 아시겠는가?"
 "예, 스님. 명심하겠사옵니다."
 이 나라 불교의 허물어져가는 기강을 염려해 마지않았던 용성 스님의 이 말씀이, 제자와의 작별을 눈앞에 둔 스승의 깊은 뜻에서 우러나온 당부였다는 것을 혜일 스님이 깨달은 것은 그로부터 며칠 후의 일이었다.
 "저, 혜일 수좌님! 조실스님께서 잠깐 다녀가라 하십니다요."
 "조실스님께서?"
 "예. 행장을 꾸리시는 걸 보니 아마도 멀리 가시려나봅니다요."
 "아니, 행장을 꾸리신다고?"
 혜일 스님은 용성 스님의 시봉을 맡고 있던 시자가 다가와 아뢰는 말을 듣고 크게 놀랐다.
 바로 며칠 전에 뵈었을 때에도 아무런 말씀이 없었는데 별안간

은사스님이 행장을 꾸리고 있다 하니 영문을 알 수 없는 일이었다.
　혜일 스님이 급히 달려가보니 과연 용성 스님은 행장을 꾸려 어딘가로 떠날 채비를 하던 중이었다.
　"스님, 부르셨사옵니까?"
　"그래, 내가 불렀네."
　"어디 다녀오시게요, 스님?"
　"아닐세. 난 이제 한양으로 올라가려네."
　은사스님의 뜻이 굳어진 것 같으니 제자된 처지에 감히 말릴 수도 없는 노릇이었다.
　혜일 스님은 이내 서운한 마음이 들면서 조심스럽게 여쭈었다.
　"하오면 스님, 대각사 선방으로 가시는 것인지요?"
　"그렇다네. 일본 불교에 먹히지 아니하려면 대각교운동을 열심히 해야겠어."
　혜일 스님은 종전보다 더욱 조심스러운 음성으로 은사스님에게 여쭈었다.
　"……하오면 스님, 이 혜일이는 어디로 가는 것이 좋겠사옵니까?"
　"수좌다운 수좌가 되어 한소식 전해주려거든 눈 높은 선지식을 찾아가시게."
　생각 같아선 은사스님을 따라가겠노라 졸라보고 싶은 마음도 굴

뚝 같았던 혜일 수좌였건만, 용성 스님은 그에게 전혀 다른 분부를 내리는 것이었다.

"……눈 높은 선지식을 찾아가라 하오시면, 어디로 가라는 말씀이시온지요, 스님?"

"이리 와서 이 행장좀 단단히 묶어주시게나."

용성 스님은 대답대신 한 쪽에 행장꾸러미를 밀쳐내며 혜일 스님에게 줄을 넘겨주었다.

"그래, 그래. 이젠 됐으이……. 헌데 자네 말일세."

이윽고 행장꾸리기를 다 끝마쳤을 때에야 용성 스님은 사뭇 진지한 얼굴로 혜일 스님을 바라보았다.

"자넨 저기 저 평안도 맹산으로 가보는 게 좋을 것 같네."

"평안도 맹산이라면?"

그곳은 생전 처음 듣는 곳이었다.

"거기 가면 우두암이라는 암자가 있는데, 그 우두암에 가면 한암 스님이 계실 것이니 그분을 찾아가시게."

"……예, 스님."

이렇게 해서 혜일 스님은 은사이신 백용성 스님의 분부대로 평안도 맹산군 도리산에 있는 우두암으로 한암 스님을 찾아뵙게 되었다.

이때가 훗날의 동산 스님의 세속 나이 스물다섯 살 되던 해였다.

　혜일 스님은 몇날 며칠이 걸려서야 평안도 땅에 당도할 수 있었다. 가파른 산길과 돌길을 걷느라 몸은 지칠 대로 지쳐 있었으나 가르침을 구하러 떠나온 길일진대 촌각도 허비할 수가 없었다.
　제대로 쉬지도 먹지도 못 하면서 밤을 꼬박 새워 산길을 오르내리기도 여러 차례, 마침내 도리산 우두암에 닿았을 때에는 봄도 다 지난 초여름 무렵이었다.
　백용성 스님의 문하에서 공부를 하던 수좌가 몇 달 묵어가기를 청한다는 얘길 듣고 한암 스님은 매우 기이한 일이라 여기는 듯하였다.
　"이거야말로 등잔 밑이 어두운 격이니, 용성 스님 문하에서 공부하면 될 일이거늘, 어쩌자고 이 어리석은 중을 찾아왔단 말이신가? 잘못 오셨구면……."
　"아, 아니옵니다, 스님. 은사스님께서 이르시길, 평안도 맹산 우두암에 가서 반드시 스님을 모시라 하셨습니다."
　한암 스님은 혜일 스님으로부터 저간의 사정을 전해 듣고는 잠시 생각에 잠기었다. 당대의 선지식인 용성 스님이 머나먼 곳 평안도에까지 제자를 보냈을 때엔 다 그럴 만한 연유가 있었을 터였다.
　한암 스님은 이참에 젊은 수좌의 의중을 떠볼 양으로 한마디 물어보았다.
　"내가 방부를 받지 못하겠으니 돌아가라 이른다면 어찌하겠는가?"
 "……스님께서 방부를 받지 못하시겠다 이르신다면, 암자 밖 바위 틈에 토굴이라도 파고 먼발치에서나마 스님을 모시고자 하오니 허락하여 주십시오, 스님."
 과연 백용성 스님의 제자다운 배짱이었다.
 한암 스님은 매우 놀라운 심경으로 혜일 스님의 간청하는 모습을 바라보았다. 그 모습이 너무도 간절하여 한암 스님의 마음까지 탄복할 지경이었다.
 그때 멀리서 산짐승 우는 소리가 들려왔다. 어둑어둑해지는 산중에서 들려오는 산짐승소리는 기괴한 느낌마저 드는데 보통 사람 같으면 지레 겁부터 먹기 십상이었다.
 "자넨 저 소리를 듣고 있으신가?"
 한암 스님이 물었다. 산짐승 우는 소리는 종전보다 더 음험하게 들려왔다. 여러 마리의 늑대, 혹은 여우 등이 떼지어 우는 소리처럼 들리기도 했다.
 "예, 듣고 있사옵니다, 스님."
 "저 소리를 듣고서도 바위 틈에 토굴을 파시겠는가?"
 한암 스님이 짐짓 엄포를 놓는 중에도 혜일 스님의 태도에는 한 치의 흐트러짐도 보이지 않았다.
 "도를 구하지 못하고 취생몽사 하는 것보다는 차라리 도를 구하

다가 토굴에서 죽는 것이 나을 것이옵니다, 스님."

한암 스님이 다시 물었다.

"정녕 그대의 뜻이 그러하신가?"

"예, 스님."

이번에도 역시 혜일 스님의 태도에는 변함이 없었다. 마침내 한암 스님은 방부를 간청하는 혜일 스님을 향해 빙긋이 웃어가며 말하였다.

"남의 집 자식이라 내쫓지도 못하겠구먼……. 머물도록 하시게."

이렇게 해서 동산 스님은 당대의 선지식 문하에서 달마조사가 서쪽에서 오신 뜻을 참선을 통해 참구하는 한편, 한암 스님의 자상한 가르침을 받아가며 능엄경, 기신론, 금강경, 원각경 등 부처님 경전을 두루 배우게 되었다.

우두암이 위치해 있는 평안도 맹산 도리산은 워낙 첩첩산중인지라 낮에도 심심찮게 산짐승 우는 소리가 들려오는 곳이었다.

"저 소리를 제대로 들으시는가?"

어느 날, 한암 스님이 혜일 스님에게 물었다. 그날따라 산짐승 우는 소리가 유난히 크게 들려왔다.

"예, 스님. 듣고 있사옵니다."

"그러면, 저 소리를 대체 어찌 들으시는고?"

연이어 한암 스님의 물음이 떨어졌다. 혜일 스님은 몸가짐을 바르게 갖춘 연후에 그 물음에 답하였다.

"……예. 삭발득도 입산출가한 수좌로서, 도를 깨우치지 못하고 허송세월하면 차라리 나에게 잡아먹히는 게 낫지 않겠느냐, 그런 소리로 들리옵니다."

"허면, 그대는 대체 어디에서 도를 찾고 있으신고?"

"……."

혜일 스님이 그 말에 선뜻 대답을 올리지 못하자 한암 스님이 재차 물었다.

"어디에서 도를 찾고 있는지 내가 그걸 물었네."

"……죄송하옵니다, 스님."

혜일 스님은 자신의 짧은 학문을 한탄하며 사실대로 아뢰는 수밖에 없었다. 훗날 이 나라 불교계의 거목이 되었던 동산 스님에게도 이렇듯 대답이 궁한 시절이 있었다.

"보조국사께서는 이렇게 한탄하셨네."

한암 스님은 스스로 내렸던 물음을 보조국사의 한탄에 빗대어 풀어주는 것이었다.

오호 슬픈 일이로구나!

　요즘 사람들은 어리석어서 자기 마음이 참부처인 줄을 모르고, 자기 성품이 참법인 줄을 모르고 있구나. 법을 멀리 성인들에게서만 구하려 하고, 부처를 찾고자 하면서도 자기 마음을 살피려 하지 않는구나!
　만일 마음 밖에 부처가 있고, 성품 밖에 법이 있다고 굳게 고집하여 불도를 구한다면, 이런 사람은 티끌처럼 많은 세월 동안 몸을 태우고, 뼈를 부수고, 피를 뽑아 경전을 쓰고, 밤낮으로 눕지 않으며, 하루 한 끼만 먹고, 팔만대장경을 줄줄 외우며, 온갖 고행을 닦는다고 해도 이는 모래로 밥을 지으려는 것과 같아서 아무 소용이 없을 것이니라. 마음을 알면 수많은 법문과 한량없는 진리를 구하지 않아도 저절로 다 얻게 될 것이니라.

　혜일 스님에게 보조국사의 법문을 한 자락 들려준 한암 스님이 다시 물었다.
　"대체 어디서 도를 구하고, 어디서 부처를 찾아야 할 것인고?"
　"……예, 보조국사께서 경계하셨으되 결코 마음 밖에서 도를 구하지 말고, 마음 밖에서 부처를 찾지 말라고 하셨사옵니다."
　"그래, 바로 말하셨네. 마음 밖에 도가 없고, 마음 밖에 부처도 없으니, 바로 그 마음을 닦아야 도를 구하고, 마음을 닦아야 부처를 이루는 법, 행여라도 엉뚱한 데서 헤매지 말아야 할 것이야!"

"예, 명심하겠사옵니다, 스님."

이렇듯 한암 스님의 자상한 가르침을 받아가며 혜일 스님이 참선과 경전공부를 계속하는 동안에 어느덧 몇 년의 세월이 지났다.

혜일 스님의 경학도 이제는 웬만한 경지에 이르른 때였다. 하루는 한암 스님이 혜일 스님을 불러 그 학문의 깊이를 가늠해보고자 하였다.

"그대는 금강반야바라밀경을 착실히 보았으렷다?"

"예, 스님."

"그러면 오늘은 내 그대에게 한 가지 물을 것인즉, 분명히 대답을 해야 할 것이야."

잠시 후 스님의 물음이 떨어졌다.

"부처님께서 수보리존자를 불러 말씀하신 가운데, 범소유상이 개시허망하니 약견제상비상이면 즉견여래라 하셨거늘, 이 말씀이 과연 무슨 뜻이던고?"

무슨 생각에서인지 혜일 스님은 약간 주저하는 듯하다가는 곧 입을 열었다.

"……예, 부처님께서 말씀하시길, 무릇 형상이 있는 것은 모두가 허망한 것이니, 만일 모든 형상 있는 것이 형상 있는 것이 아님을 알면 바로 여래를 볼 것이라 하셨습니다."

"분명히 그러하셨던가?"

"예."

한암 스님은 혜일 스님의 대답이 끝나자마자 느닷없이 방문을 열어젖혔다.

"그러면 저기 저 뜰 앞에 서 있는 소나무가, 소나무가 아니더란 말씀이신가?"

"우리가 부르는 이름이 소나무일 뿐, 소나무라는 이름이 곧 저 나무는 아니옵니다."

"이름이 나무는 아니라고 하더라도, 저 소나무는 분명히 곧고 푸른 형상을 하고 있거늘, 어찌하여 부처님은 형상 있는 것은 모두가 다 허망한 것이라 이르셨더란 말이신가?"

혜일 스님은 막힘없이 대답해나갔다.

"소나무라는 이름이 붙여진 저 나무는 머지않아 늙으면 말라죽게 될 것이요, 그렇게 되면 부서지고 썩어서 저 형상을 버리게 될 것이니, 그래서 모든 형상 있는 것은 허망한 것이라 이르셨습니다."

"그러면 사람의 육신은 어떠하겠는고?"

한암 스님은 뜰 앞 소나무 가지 주변을 날고 있는 나비 한 쌍을 바라보며 다시 물었다.

혜일 스님의 대답이 이어졌다.

"예, 사람의 육신 또한 형상 있는 것이니 이 또한 허망한 것. 결국은 늙고 병들고 죽어 흙의 성질은 땅으로 돌아가고, 물의 성질은 물로 돌아가고, 더운 기운은 불로 돌아가고, 움직이는 기운은 바람으로 돌아갈 것이니, 어찌 이 형상을 형상이라 할 수 있겠사옵니까?"

"그러면 어찌하여 이 형상이 그대로 있지 아니하는고?"

"예, 이 세상 모든 만물은 생겨나고, 머물고, 부서지고, 없어지고, 다시 생겨나서 머물고 부서지고 없어지는 법, 그 안에서 결코 한 치의 벗어남도 없음이옵니다, 스님."

한암 스님은 혜일 스님이 조목조목 이치를 밝혀내는 모양을 실로 대견스러워하면서 파안대소를 금치 못하였다.

"하하하하! 정녕 그대의 눈이 그토록 밝아졌는가?"

"아, 아니옵니다, 스님. 과찬이시옵니다."

당대의 선지식 한암 스님으로부터 칭찬을 듣게 된 혜일 스님은 몹시 부끄러운 듯 몸둘 바를 몰랐다.

스승과 제자의 정겨운 덕담이 오가는 가운데 멀리서 이름 모를 새들이 서로 화답하듯 지저귀는 소리가 들려왔다.

그러던 중 하루는 강원도 오대산에서 낯선 스님 한 분이 한암 스님을 찾아왔다.

"오대산에서 누가 오셨다구? 아니, 자네?"

혜일 스님이 객승의 내방을 아뢰었더니 한암 스님은 반색을 하며 방문을 열었다.

"아이구, 스님! 절 알아보시겠습니까요?"

"아, 이 사람, 알아보다마다……. 어서 들어오시게!"

한암 스님이 반겨 맞으시는 것으로 보아 두 분은 전부터 서로 잘 아는 사이임이 분명하였다.

그런데 강원도 오대산에서 왔다는 스님이 방 안으로 들어간 지 얼마 되지도 않아서 방문이 벌컥 열리는 소리가 나는 것이었다.

마침 공양간에서 차를 끓이던 혜일 수좌는 한암 스님이 전에 없이 큰 소리로 자신의 이름을 부르는 것을 들었다.

"예, 스님. 혜일이 공양간에 있사옵니다."

"어서 냉큼 이리 나오시게!"

혜일 스님은 서둘러 한암 스님 앞으로 나아갔다.

"자네, 어서 들어가 걸망부터 챙겨야겠네."

"예에? 걸……망을 챙기라니요, 스님?"

혜일 스님은 한암 스님의 표정이 심상치 않자 가슴이 덜컥 내려 앉으며 말을 더듬거렸다.

"지금 자네가 이러고 있을 때가 아니야! 어서 들어가서 걸망부터 챙기란 말일세!"

혜일 스님은 스님의 재차 다그치는 소리를 듣고서도 도무지 뭐가

뭔지 알 수가 없었다.
 '밑도 끝도 없이 걸망부터 챙기라 하시니 그럼 날더러 이 우두암을 떠나란 말씀이신가?'
 혜일 스님은 어안이 벙벙해져서 한암 스님을 바라보았다.
 아무리 생각해보아도 창졸간에 그곳을 쫓겨날 만큼 큰 잘못을 저지른 기억은 나지 않았다. 더구나 손님이 와 있는데 다짜고짜 걸망을 챙겨 떠나라 분부하는 한암 스님의 속뜻을 헤아릴 수가 없었다.
 "아니 스님, 하오시면 절더러 이 우두암을 떠나라는 말씀이시온지요?"
 놀랍게도 한암 스님은 고개를 끄덕이며 그를 재촉하는 것이었다.
 "한시 바삐 우두암을 떠나서 곧바로 한양으로 가야 할 것이야."
 "한양으로요?"
 점점 더 알 수 없는 분부였다. 우두암에서 쫓아보낼 양이면 부산 범어사로 가라고 해야 할 한암 스님이 난데없이 한양으로 가라 하시는 것이 아닌가.
 그러나 다음 순간, 혜일 스님은 청천벽력과도 같은 얘기를 듣게 되었다. 자신의 스승인 용성 스님이 서대문 형무소에 갇혀 있다는 것이었다.
 이에 소스라치게 놀란 혜일 스님의 음성이 전보다 더 심하게 떨려 나왔다.

"아니, 스님! 제 은사스님께서 형무소에 갇혀 계시다니요?"

"독립선언서에 서명을 하셨다네. 자세한 건 이 수좌한테 직접 들어보시게."

한암 스님은 침통한 표정으로 오대산에서 왔다는 그 낯선 스님을 바라보았다.

"아니 대체 무슨 말씀이신지요? 독립선언서에 서명을 하셨다니요?"

혜일 스님은 스승이 형무소에 갇혔다는 것이 도무지 믿겨지질 않았다. 감옥에 갈 만큼 나쁜 일을 했을 스님이 아니라는 건 천하가 다 아는 바, 대체 독립선언서라는 건 무엇이란 말인가.

혜일 스님의 착잡한 심경을 헤아린 듯 오대산에서 온 그 객승이 차분히 설명을 해주었다.

"그동안 산속에만 들어앉아 계셨으니 세상 돌아가는 사정을 모르셨겠습니다만, 지난 양력 삼월 초하룻날, 한양에서는 민족대표 33인이 조선독립을 선언했고, 조선팔도 방방곡곡에서 조선독립만세운동이 일어났습니다."

"조선, 독립, 만세운동이요?"

혜일 스님으로선 생전 처음 듣는 이야기였다.

"예, 그리고 백용성 큰스님과 만해 한용운 스님이 우리 불교계를 대표해서 민족대표 33인 가운데 들어가셨는데, 그 일로 왜경에 체포되어 두 분이 서대문형무소에 수감되셨습니다."
 객승의 재차 설명이 있고서야 혜일 스님은 모든 걸 미루어 짐작할 수 있었다.
 용성 스님이 그토록 걱정하고 통탄해 마지않았던 조선의 앞날과 조선 불교계의 무너져가는 기강, 그 모든 것들이 일제의 총칼에 의해 흔들리고 있지 않았던가.
 "그러니 어서 서두르시게. 옥바라지라도 잘해드려야 고생을 덜 하실 게야."
 "예, 스님, 명심하겠습니다."
 사정이 그렇게 된 이상 촌각이라도 지체할 여유가 없는 터였다. 혜일 스님은 한암 스님의 말이 끝나기가 무섭게 걸망을 메고 부랴부랴 길을 떠났다.

6
다리는 흘러도 물은 흐르지 않도다

발이 부르트도록 길을 재촉하여 한양 대각사에 당도해보니, 그곳은 말 그대로 빈집처럼 황량하기만 했다.

용성 스님이 왜경에게 체포되어 서대문형무소에 수감된 이후, 고등계 형사들이 뻔질나게 드나들며 수색이다, 압수다 해서 대각사를 발칵 뒤집어놓은 데다가 감시의 눈초리를 늘상 번득이고 있었으니 그 많던 대중들이 견뎌낼 재간이 없었던 것이다.

수좌들은 다들 뿔뿔이 흩어진 뒤였고, 신도들도 발길이 뚝 끊긴 채 두세 명의 제자들만 대각사 법당을 지키고 있었다.

다음날 아침, 혜일 스님은 혜암 스님과 함께 음식과 옷보따리를 챙겨들고는 걸어서 서대문형무소에 도착하였다.

혜일 스님이 창구에서 용성 스님의 면회를 청하였더니 잠시 후,

우락부락하게 생긴 일본인 간수가 철문을 열고 스님을 끌고 나왔다.

"백용성, 이리 나왓!"

혜일 스님은 그 모지락스러운 일본인 간수가 은사스님을 거칠게 대하는 모습을 접하고는 그만 눈시울이 뜨거워졌다. 용성 스님은 전보다 무척 초췌한 편이었으나 예나 다름없이 그 표정만은 맑고 환한 모습이었다.

"스님! 혜일이가 왔사옵니다, 스님!"

철창을 사이에 두고 스승과 마주하노라니 왈칵 목이 메이는 것이었다.

그러나 용성 스님은 한철 참선이라도 끝내고 선방을 나선 길인 듯 홀가분한 표정으로 껄껄 웃으시는 것이었으니 가히 용성 스님다운 면모라 아니할 수 없었다.

"허허! 그대는 평안도 맹산 우두암에 있어야 할 일이거늘, 어찌 여기 왔더란 말인고?"

"늦게야 소식 접하옵고 이제서 찾아뵈옴을 용서하십시오, 스님."

"거 무슨 쓸데없는 소리! 기왕에 산속에 들어앉아 있었거든 착실하게 공부나 할 것이지 무엇하러 내려왔단 말이신가?"

용성 스님은 말씀은 그렇게 하면서도 오랜만에 제자를 만나보게

됨을 기뻐하는 눈치가 완연하였다.
 "그래, 한암 스님께서는 여전하시던가?"
 "……예."
 "자상한 가르침두 내려주셨고?"
 "……예."
 "수행하는 중이야 절에 들어와 있으나 바깥에 있으나 똑같은 법, 달라진 게 조금도 없으니 내 걱정은 말고 공부나 열심히 하게!"
 "……예, 스님!"
 혜일 스님은 말끝마다 제자의 수행만을 염려해주는 스승의 크나큰 은혜에 감복하여 기어이 눈물을 흘리고야 말았다.
 용성 스님은 마치 절간에서 학인을 가르치듯이 엄하게 일러 당부하기를 잊지 않는 모습 또한 전과 다름이 없었다.
 "참선도 게을리하지 말 것이요, 경학도 소홀히하지 말 것이며, 독송 또한 가벼이 여겨서는 안 될 것이야."
 "……예, 스님. 명심하여 받들어 시행하겠습니다."
 채 오분이나 지났을까. 맨 처음 용성 스님을 면회창구로 데리고 나왔던 일본인 간수가 성큼성큼 다가서며 두 사람을 갈라놓는 것이었다.
 "면회 끝! 그만 나가랏!"
 "그럼, 그만 산으로 들어가시게!"

용성 스님은 간수의 팔에 이끌려 다시 철창 안으로 멀어지는 가운데 정이 듬뿍 담긴 시선으로 제자를 바라다보며 말하였다.
"스님! 스니임!"
혜일 스님의 간절한 부름에도 아랑곳없이 용성 스님을 가둔 철창문은 쾅하고 닫쳐버렸다.
아무리 지엄한 용성 스님의 당부가 있었다고 한들, 스승이 형무소에 갇혀 있는데 어찌 산으로 돌아갈 수 있을 것인가.
그리하여 혜일 스님은 대각사와 도봉산 망월사에 번갈아 머물면서 은사의 옥바라지와 용맹정진을 계속해나갔다.

그러던 그해 겨울, 도봉산 망월사에서 있었던 일이다.
한용운 스님의 제자인 춘성 스님이 볼일을 마치고 밖에서 돌아와 보니 글쎄 차디찬 냉방에서 한 스님이 가부좌를 틀고 앉아 참선을 하고 있는 게 아닌가.
춘성 스님이 자세히 보니 혜일 스님이 분명하였다. 춘성 스님은 몸을 떨며 방 안으로 들어섰다.
"아이구 추워! 아니 방 안이 왜 이렇게 썰렁하지?"
바깥에는 살을 에는 듯한 찬바람이 매섭게 몰아치고 있는데 방 안에 온기라고는 하나도 없는 것이 이상한 생각이 들었다. 분명 땔나무도 부족하지 않을 만큼 해다 놓았건만 방바닥은 차디찬 냉골이

었다.

"아이구 이거 방바닥이 얼음장 아녀? 아, 여보시우, 혜일 수좌! 아궁이에 불도 안 지폈단 말씀이오, 이거?"

아무리 참선도 좋지만 한겨울에 불도 안 지피고 들어앉아 있는 혜일 수좌가 춘성 스님 생각에는 게으른 스님이라는 느낌마저 들었던 것이다. 그러나 춘성 스님은 곧이어서 혜일 스님이 하는 이야기를 듣고는 마음 깊이 탄복하지 않을 수 없었다.

"차마 불을 지필 수가 없었소이다……. 두 분의 은사스님들께서는 지금 차디찬 형무소 감방 안에서 떨고 계실 터인데, 제자인 내가 어찌 감히 아궁이에 불을 지피고 더운 방에 누워서 잠을 청할 수 있단 말이오?"

동지 섣달 엄동설한에 차가운 형무소에서 고생하고 계신 은사스님 생각에 아궁이에 불도 지피지 아니한 채, 차디찬 냉방에서 앉은 채로 긴긴밤을 지새우곤 했던 혜일 스님의 지극한 정성은 훗날 춘성 스님을 통하여 널리 알려지게 되었다.

이처럼 대각사와 망월사를 번갈아 오가면서 지극정성으로 용성 스님의 옥바라지를 다녔던 혜일 스님을 고등계 형사가 좋게 보아 넘길 리 만무하였다.

하루는 고등계 형사가 혜일 스님을 불러다 놓고 으름장을 놓았다.

"사상이 불손한 백용성에게 무엇 때문에 끝까지 충성을 하는지 그 이유를 바른 대로 대란 말이닷!"

책상을 탁탁 내려쳐가며 다그치는 일제 고등계 형사의 서슬퍼런 기세에도 혜일 스님은 조금치의 흔들림이 없었다.

"그분은 나의 은사스님이시요, 나는 그분의 제자이니 제자로서 스승에게 바치는 예의일 뿐, 무슨 다른 이유가 있겠는가?"

"허튼소리 작작하고 바른 대로 대지 못하겠는가! 다른 제자들은 대부분 다 떠났는데 왜 너희 몇 사람만 남아서 끝까지 충성을 하는지 그 이유를 대란 말이닷!"

"우리 불가에서 은사스님은 곧 아버지와 같으니, 제자인 나는 곧 그분의 자식과 같은 것!"

"무엇이라구? 아버지와 자식 사이라구?"

우리 불가의 뿌리 깊은 전통과 대대로 내려오는 효심의 미풍양속을 알 리 없는 고등계 형사는 마침내 꼬투리를 잡았다는 듯이 버럭 소리를 질렀다.

"이런 새파란 중이 누굴 놀리고 있나? 조금 전에는 스승과 제자라고 하더니 이번에는 뭣이라구? 아버지와 자식 사이라고?"

"은사스님은 곧 아버지와 같은 분, 어찌 자식이 아니란 말인가?"

혜일 스님은 일본인 형사 앞에서 털끝만큼도 굴하지 아니하고 끝끝내 의연함을 잃지 않았다.

　그러자 일본인 형사는 방법을 달리해야 겠다고 생각했는지 가느다랗게 실눈을 뜨며 말하는 것이었다.
　"좋아! 그점에 대해서는 그렇다치고, 아버지도 아버지 나름, 아버지가 불온사상범으로 형무소에 갇혀 있는데도 끝까지 충성을 하는 이유가 어디에 있는가?"
　"그대들 일본인들은 유리하고 불리함에 따라 아버지를 바꾸고 있는가?"
　"뭣이라구?"
　"속가에서도 부모에게는 끝까지 효도를 하는 것이 자식된 도리이거늘, 어찌 아버지께서 형무소에 갇혔다고 해서 아버지가 아니라고 외면할 수 있단 말인가?"
　할말이 궁해진 일본인 형사는 더는 혜일 스님의 사상을 문제삼지 않는 대신에 엄포를 놓고 물러나게 되었다.
　"좋다! 하지만 효성은 이 정도로 그만두고, 다른 절로 들어가는 것이 신상에 좋을 것이다! 그리고 또 한 가지! 비밀 연락을 전한다거나 독립운동을 획책한다면 그땐 용서하지 않을 것이다!"
　이렇듯 왜경 고등계 형사의 갖은 회유와 협박에도 불구하고 혜일 스님은 몇몇 제자들과 함께 끝까지 정성을 다해 용성 스님의 옥바라지를 계속해 나갔다.
　그러던 중 몇 년의 세월이 흘러 마침내 용성 스님이 형기를 마치고 출감하게 되었다.
 "나야 그동안 감옥 안에 편히 들어앉아서 잘 지냈네만 그대들이 옥바라지 하느라고 고생이 많으셨구먼."
 은사스님의 치하하는 말을 듣고 제자들은 한결같이 입을 모아 송구스러움을 나타내었다.
 "아, 아니옵니다, 스님! 그걸 어찌 고생이라 말할 수 있겠사옵니까! 고생을 겪으신 분은 바로 스님이시지요."
 제자들과 덕담을 나누며 그동안 못다했던 이야기들을 하나씩 따져 묻던 용성 스님이 문득 혜일 스님을 돌아보며 물었다.
 "이 보게! 한암 스님은 아직 우두암에 계신다던가?"
 "예, 스님. 그러한 줄로 알고 있사옵니다."
 "나 때문에 자네의 공부가 많이 지체되었을 것이니 하루 속히 산으로 다시 들어가시게."
 "아, 아니옵니다, 스님. 당분간 스님 모시고 지내겠사옵니다."
 혜일 스님은 며칠이라도 더 곁에 머물면서 그동안 옥고에 지친 은사스님의 건강을 보살펴드리고 싶었다.
 그러나 용성 스님은 정색을 하며 제자의 그러한 청을 물리치시는 것이었다.
 "여보시게, 혜일이!"
 "예, 스님."

"조선 불교를 조선 불교답게 지켜 후사를 도모하려면 사사로운 정에 매달려서는 아니되는 법!"

"……예, 스님."

"내가 여기서 할일은 따로 있으니 그대는 내 걱정 말고 산속으로 들어가 한소식 전하시게. 알아들으시겠나?"

"……예, 스님. 하오면 이 혜일이 스님의 분부대로 산으로 들어가겠사옵니다."

혜일 스님은 결국 은사스님의 지엄한 분부를 받들어 용맹정진의 길을 떠날 수밖에 없었다.

늙으신 은사스님을 한양에 두고 떠나는 발길이 무거워 차마 떨어지질 않았으나 그것이 곧 스승의 큰뜻임에야 거역할 수가 없었다.

이 세상 어느 곳이든 출가수행자에겐 수행처와 다름이 없다 하신 용성 스님은 형무소를 법당삼아 옥고를 치룬 덕택에 이 나라 불교 발전에도 큰 공헌을 하신 분이기도 하다.

스님은 감옥이라는 법당 안에서 불교의 폭넓은 포교 방안을 강구하던 중, 우리 불교도 찬불가를 만들어 널리 전하기로 서원을 세웠던 것이다.

이리하여 다시 은사스님의 슬하를 떠나 용맹정진의 길로 들어선 혜일 스님은 오대산 상원사 청량선원, 금강산 마하연을 거쳐 속리산 법주사 복천암, 지리산 마천 백운암 등 각처의 선원에서 달마조사가 서쪽에서 오신 참뜻을 참구하였다.

　이후 1929년, 스님의 세속나이 마흔 살 때 김천 직지사에서 삼 년 동안 토굴에 들어가 용맹정진을 마치니, 수많은 수좌들이 다 우러러보기에 이르렀다.

　그런 연후에 다시 부산 동래 금정산 범어사로 돌아와 강영명화상으로부터 화엄경을 배워 마치고 범어사 금강계단에서 보살계를 내리기 시작했으니, 혜일·동산 스님은 출가한 지 17년만에 보살계를 내리게 된 셈이었다.

　그러던 어느 날이었다.

　멀리 함경도 안변 석왕사에서 왔다는 한 승려가 동산 스님에게 한 가지 간청을 올렸다.

　말인즉, 석왕사 선원에 수좌들은 가득하건만 선지를 밝혀줄 스님이 안 계시기로, 동산 스님을 조실로 모셔가겠다는 것이었다.

　"허허! 이런 변이 있나! 나는 아직 수좌들을 제접할 그런 위인이 되지 못하오."

　"아, 아니옵니다, 스님! 스님의 선지가 밝으신 것은 이미 팔도 수좌가 다 아는 일이옵니다."

　"잘못 알고 오셨소이다. 먼길을 오셨으니 객실에서 며칠 잘 쉬었다가 가십시오."

　밑도 끝도 없이 불쑥 찾아와 동산 스님을 조실로 모셔가겠다고 사정하는 석왕사 승려는 스님의 완곡한 사양에도 불구하고 쉬 물러날 기세가 아니었다.
　"스님, 다시 한번 굽어 살피시와 부디 허락하여 주시옵소서."
　"글쎄 몇 번이나 말씀을 드려야 알아들으시겠소이까? 나는 아직 조실자리에 설 수 있는 그릇이 아니니 그리 아시고 돌아가십시오."
　"아니옵니다, 스님. 저희들이 아무리 눈을 씻고 찾아보아도 스님만한 분은 결코 없사옵니다."
　좀체로 언성을 높이는 법이 없고, 겸손하기 이를 데 없었던 동산 스님도 그 승려가 워낙 끈질기게 매달리는 바람에 버럭 화를 내었다.
　"허허, 이거 말씀이 지나치지 않소이까? 그런 말씀은 어디 가서 입에도 담지 마시오!"
　"하오면 스님, 한 가지만 여쭙도록 허락해주십시오."
　"무슨 말인지 어디 한 번 해보시오."
　그 승려는 난색을 표하며 아뢰기를, 동산 스님을 조실로 모실 수 없다면 석왕사 선방은 불가불 문을 닫을 수밖에 없다는 것이었다.
　"석왕사 선원의 문을 닫고 수좌들을 흩어지게 하면 대체 그 수좌들은 어디로 가겠사옵니까? 기왕에 머리 깎고 출가득도를 했으니, 결국은 아내를 얻고 자식을 거느리는 저 일본 중 흉내를 내게 되지 않겠사옵니까요, 스님?"

"……으음."

수좌들을 바르게 가르쳐줄 스승이 없어 선원이 문을 닫을 수밖에 없다 하니 동산 스님으로서도 애석하기 짝이 없는 노릇이었다.

게다가 이미 출가를 해서 산문에 들어섰던 수행자들이 뿔뿔이 흩어져버린다면 대체 어디로 갈 것인가. 석왕사 승려 말대로 왜색 승려가 되지 말란 법도 없는 것이다.

동산 스님은 기왕의 출가수행자들이 모실 스승이 없고 갈곳이 없다는 이유만으로 중도 아니고 속도 아닌 처지로 전락해버릴 것을 생각하면 눈앞이 아득하였다.

"한 가지만 더 여쭙겠사옵니다, 스님."

"말씀하시지요."

석왕사에서 온 승려는 동산 스님의 허락이 떨어지길 기다렸다가 조심스럽게 물어왔다.

"석왕사 수좌들을 이곳 범어사로 보내오면 받아주시겠사옵니까, 스님?"

"그럴 것 없소이다! 내가 스님 따라서 석왕사로 가겠소이다!"

"……정말이시옵니까, 스님? 감사하옵니다, 스님! 감사하옵니다."

마침내 동산 스님의 허락을 얻어낸 석왕사 승려는 너무도 기쁜

나머지 덩실 춤이라도 출 것만 같았다.
　이때가 스님의 세속 나이 마흔한 살 때의 일이었다.

　"이 주장자를 주장자라 하면 하나를 더하는 것이요, 또 주장자가 아니라 하면 이는 머리를 끊고 살기를 바라는 것과 같다. 이 말은 훤하게 일러준 말이요, 여간 가깝게 이른 소리가 아니다. 이 한마디에 물록 상사를 잊고 한번 뜀에 바로 여래지에 들어가는 것이니, 여기서 알아차려야 하고, 이 소리에 알아채지 못하면 아니 될 것이다. 어떻게 해야 주장자라고도 아니하고, 또 아니라고도 아니하고 한마디 이를 수 있겠는가?"
　석왕사 내원암 선원에서 눈 푸른 납자들을 모아놓고 주장자 높이 든 채 선지를 내려주는 동산 스님의 법문을 수좌들은 한마디도 놓치지 않으려 귀담아 들었다.

　청산의 다리를 치니
　동해가 머리를 들고 이르도다.
　사람이 다리 위를 쫓아오는데
　다리는 흘러도 물은 흐르지 않도다.
　(打着靑山脚
　　東海擧頭言

人從橋上來
橋流水不流)

　학인들의 선지를 밝혀줄 조실스님을 모시지 못해 멸문 위기에 처할 뻔하였던 석왕사 선원에 다시금 청정 수좌들의 독경소리가 낭랑히 울려퍼지기 시작하였다.

7
대나무숲에서 깨달음을 얻다

　1930년대 초만 해도 우리나라를 강점한 일제의 조선총독부는 내선일체다 국민동화정책이다 해서 치밀하고도 악랄하게 우리 겨레의 민족혼을 말살하려는 온갖 간계를 일삼고 있었다.
　그 무렵에는 이미 우리나라 불교마저도 왜색으로 물들여놓은 상태였으니, 조선 불교를 조선 불교답게 지키려하는 청정 수좌들은 날이 갈수록 설 땅을 잃게 되는 기막힌 상황에 처해 있었다.
　끝까지 조선인으로서의 지조를 지켜가며 정통조선불교의 법맥을 이어가려 안간힘을 쓰던 불가의 대중들조차 사찰운영권을 모조리 다 빼앗긴 채 왜색 불교 동조세력들에게 눈치보며 얹혀사는 처량한 처지가 되었던 것이다.
　그러나 간악한 일제의 식민지 종교정책과 탄압에도 굴하지 아니하고, 청정계맥을 지켜가려는 젊은 수좌들이 은밀히 뜻을 모으고 있었으니, 서울 안국동에 조선불교 선리참구원을 세운 것이 그 첫 번째 쾌거라 할 것이다.

곧이어서는 왜색 불교와 맞서 조선 불교 선종을 세우고 비밀리에 안국동 선학원에서 제1회 조선 불교 선종 수좌대회를 개최하기에 이르렀으니 이때가 바로 1931년 3월 14일이었다.

그러나 이러한 소식이 알려지자 조선총독부는 물론이요, 왜색 불교에 동조해온 측에서 온갖 협박과 회유를 일삼는 것이었다. 참으로 병든 세상에서 활개치고 사는 병든 인간들의 횡포라 아니할 수 없었다.

그들은 일본과 조선이 이미 하나가 되었음을 강요하며 불교도 왜색으로 통일시켜야 한다고 공공연히 떠들고 다녔다.

조선총독부는 안국동 선학원 수좌대회에 참석하는 승려들을 모두 불온한 사상범으로 여겨 체포하겠노라고 으름장을 놓곤 하였다.

그런가 하면 일부 사찰에서는 일제에 빌붙어 사찰운영권을 독점하고 있던 왜색 승려들이 수좌들을 불러내 은근히 겁을 주는 등 추태를 일삼기도 하는 것이었다.

만일 수좌대회에 참석하기만 하면 사찰의 선방을 모두 없애버리고 수좌들을 사찰 밖으로 내몰겠다는 것이 왜색 불교 동조세력들의 주된 엄포였다.

그러나 어떠한 난관에 부닥치더라도 올곧은 자세와 신심만으로 그것을 헤쳐나갔던 동산 스님은 이러한 회유와 협박에도 뜻을 굽히지 않았다.

"아니, 스님! 기어이 수좌대회에 참석하시렵니까?"

수좌대회 날짜에 맞추어 행장을 꾸리는 동산 스님을 걱정스러운 눈길로 바라보며 제자 가운데 하나가 물었다.

"조선 불교를 조선 불교답게 지키자는 것이니, 무슨 일이 있어도 참석을 해야지."

"단 한 사람의 수좌라도 참석만 하면 우리 사찰 선방을 없애버리겠다고 그랬는데요, 스님?"

"너무 걱정하지 말게. 설마한들 천육백 년 청정계맥이 그렇게 허망하게야 무너지겠는가? 자, 그럼 다녀올 테니 한 치의 어긋남도 없이 수행에 전념하시게."

동산 스님이 이렇듯 매사에 곧은 분이었으니 제자들은 위험한 일이라 할지라도 감히 나서서 만류할 수가 없었다.

1934년 8월.

동산 스님은 범어사 금어선원 동쪽 대나무숲을 지나다가 문득 걸음을 멈추었다.

대나무숲을 흔들고 지나가는 소소한 바람소리, 그 바람소리를 들고 있던 동산 스님은 홀연 달라진 한세상을 보게 되었다. 그동안 가슴속에 막혀 있던 의심 덩어리가 일시에 봄눈 녹듯 사라져버리는 듯한 환희심에 동산 스님의 법눈이 크게 열리는 것이었다.

나이 스물셋에 노부모와 처자식을 속세에 두고 출가한 지 이십여 년.

떠돌이 객승처럼 이 암자, 저 암자 눈 높은 선지식을 찾아다니며 용맹정진, 참선수행 그 몇 해던가.

이제야 밝은 한세상을 만나게 되었으니 동산 스님은 한달음에 은사스님인 용성 스님께로 달려가 그 벅찬 소식을 고해 올렸다.

용성 스님은 흔쾌히 제자의 오도를 인가해주고 기뻐하셨는데 이 때가 동산 스님 세속 나이 마흔다섯이었다.

이듬해인 1935년 봄.

동산 스님은 잠시 금정산 범어사를 떠나 가야산 해인사 백련암에 머물며 수행정진을 계속하고 있었다.

이른 아침부터 까치가 울더니만 낮에 웬 청년 하나가 백련암으로 들어서는 것이었다.

시자의 안내를 받아 동산 스님의 거처에 들어선 그 청년은 다소 곳이 무릎을 꿇고 앉았다.

"그래 어디서 오신 누구시기에 소승을 보자 하셨소?"

동산 스님이 청년에게 먼저 물었다.

"예, 저는 경상도 산청 사람이옵니다만, 지리산 대원사에 들어가 글을 읽고 있었사옵니다."

"그래, 무슨 글을 읽고 계셨습니까?"

"장자를 읽고 있었습니다."

낯선 청년은 매우 공손한 어조로 동산 스님에게 자신이 해인사까지 오게 된 연유를 아뢰었다.

말인즉, 장자를 읽고 있던 중 우연히 불교책자를 손에 들게 되었고, 그 가운데서도 증도가를 읽게 되었다는 것이다.

증도가라 함은 당나라 현각 스님이 운문으로 읊은 것이었다.

그 낯선 청년은 바로 그 증도가를 읽은 연후에 장자를 읽을 때보다도 더 큰 환희심이 일어났다는 것이었다.

그리하여 바로 증도가의 좋은 경지를 자기것으로 만들어야겠다는 생각에서 찾아왔다는 것인데, 말하자면 출가를 하고 싶다는 청이었다.

"……그러니, 스님 문하에서 가르침을 받을 수 있도록 허락해 주십시오."

청년으로부터 지리산에서 해인사까지 오게 된 자초지종을 다 듣고난 연후에 동산 스님은 무겁게 입을 열었다.

"중 되는 길을 열어주는 것은 어려운 일이 아니오만, 중다운 중 노릇을 하기는 쉬운 일이 아니오."

"그건 이미 각오한 바 있사오니 허락만 내려주십시오, 스님."
청년의 눈빛은 진지하기 이를 데 없었다.
"중도에 그만두려면 시작을 아니함만 못할 것이요."
"그런 일은 절대로 없을 것이옵니다, 스님."
"……그렇다면 내 허락할 것이니 머물도록 하시오."
"감사합니다, 스님! 감사합니다."
마침내 동산 스님의 허락이 내려지자 그 젊은 청년은 거듭 예를 올리며 기뻐하는 것이었다.
자애로운 스님과 뛰어난 제자는 또 이렇게 해서 오붓한 인연을 맺게 되었으니, 바로 이때 동산 스님을 은사로 모시고 출가득도한 분이 오늘의 종정인 성철 큰스님이었다.
성철 스님은 동산 스님을 은사로 모시고 출가득도한 당시의 심경을 한편의 시로 읊었다.

하늘에 가득한 대업이라 하더라도
붉게 불타는 향로에 눈(雪)이요,
바다에 걸터앉은 큰뜻이라 하더라도
빛나는 햇빛 아래 이슬이로다.
누가 순간의 짧은 꿈에서
죽음을 달게 여기리요.

일체를 뛰어넘어 홀로 걸으니
만고가 다 참이로세.

   동산 스님이 성철 스님을 제자로 받아들인 이날은 1935년 음력 4월 보름.
   어쩌면 동산 스님은 그때 이미 그 제자가 큰 인물이 될 것임을 첫눈에 알아보았던 건지도 모를 일이다.

   해가 바뀌어 1936년 겨울이 되었다.
   동산 스님은 은사이신 용성 스님의 부름을 받고 범어사 대원암으로 급히 달려갔다.
   "분부 말씀 계시면 내려주십시오, 스님."
   항시 어버이처럼 자애로운 은사스님이었으나 동산 스님은 매번 대할 때마다 극진한 예를 갖추어 스승을 섬겼다.
   "내 오늘 그대에게 이 전계증을 전할 것이야."
   "전계증이라니요, 스님?"
   "계맥을 전할 것이니 잘 받들어 지녀야 할 것이야. 알겠는가?"
   이날, 그러니까 1936년 병자년 음력 동짓달 열여드렛날, 용성 스님이 동산 스님에게 친필로 써서 내린 전계증에는 다음과 같은 글귀가 담겨 있었다.

전계증.
 내 이제 전하는 바, 이 계맥은 조선 지리산 칠불선원에서 대은화상이 범망경에 의지하여 여러 부처님의 정계받기를 서원하여 칠일 기도하더니, 한길의 상서로운 빛이 대은의 정상에 쏟아져 친히 불계를 받은 후에 금담율사에게 전하고, 초의율사에게 전하고, 범해율사에게 전하고, 선곡율사에게 전하여 나의 대에 이르렀다.
 이 해동초조의 전하는 바 '장대교망 녹인천지어'라는 보물도장은 계맥과 더불어 정법안장을 바르게 전하는 믿음을 삼아 은근히 동산·혜일에게 부여하노니, 그대는 스스로 잘 호지하여 단절하지 않게 하고 여러 정법과 더불어 세상에 머물기를 무궁하게 하라.
 용성·진종이 증명하노니 동산·혜일은 받아 지니라.

 이날 동산 스님은 은사이신 용성 스님으로부터 전계증과 법인을 전해 받음으로써 조선 불교 칠불선원의 계맥을 그대로 전수받은 셈이었다.
 이후부터 동산 스님은 금정산 범어사 금어선원에 머물면서 범어사 금강계단에서 보살계와 구족계를 설하는 한편, 많은 제자들을 길러내었다.
 "여기 모인 대중들은 잘들 들으라! 옛적에 개오하여 아주 환하고 의심이 없으나, 다만 무시 이래의 번뇌, 습기가 몰록 다하지 아

니한다고 말한다면, 도무지 마음 밖에 다시 한 물건도 없는 줄 알았을진대, 번뇌 습기가 무슨 물건이건대 그것을 다하고저 한단 말이던가! 만약 털끝만큼이라도 제하여 버릴 번뇌 습기가 남아 있다면, 이것은 아직도 마음을 뚜렷이 깨치지 못한 까닭이니, 이런 사람은 다만 다시 분발하여 크게 깨치기를 기약해야 할 것이니라!"

가사장삼을 입고 법상에 올라 감로법문을 설하는 스님의 모습은 그야말로 거룩하기 그지 없었으니, 대중들은 멀리서 동산 스님의 얼굴을 한번 보기만 해도 왠지 마음이 편안해지고 온갖 근심걱정이 봄눈 녹듯 사라진다며 스님의 덕화를 칭송해 마지않는 것이었다.

그러던 1940년, 이른 봄이었다.

"아니 인석아, 대체 무슨 큰일이 났기에 그리 숨이 넘어가느냐?"

동산 스님은 경내가 떠나갈 듯 큰 소리로 외치며 뛰어오는 제자의 발소리를 듣고 문을 열어 꾸지람을 내렸다.

나이 어린 그 제자는 말 그대로 숨이 넘어갈 듯 다급한 음성으로 동산스님에게 비보를 알렸다.

"저, 노스님께서 열반하셨답니다요, 스님……."

"무엇이라고? 노스님께서 열반하셨어?"

동산 스님의 은사이신 백용성 스님이 열반에 드신 이날은 1940년 음력 2월 스무아흐렛날, 용성 스님 세속 나이 일흔일곱, 법랍61

세로 홀연 열반의 길로 떠나셨으니 동산 스님으로선 스승과 어버이를 한꺼번에 잃은 셈이었다.
"스님, 스님……! 제행무상이요 제법무아라 하셨사오나, 어찌 이 무상법문을 이리도 일찍 보여주시옵니까, 스님……."
인간세상의 정으로야 애닯기 그지없는 일이었으나 이미 무상법문의 진리 안에서 나고 죽는 동산 스님과 용성 스님이 아니었던가.
동산 스님은 차마 승려된 신분에 슬픔을 슬픔으로 나타내지도 못하고 그토록 자애로웠던 은사스님의 극락왕생만을 간절히 발원해 드릴 따름이었다.
일찍이 세속에 몸담고 있던 청년 의학도 하봉규. 자칫하면 육신의 병만을 고쳐주는 의사가 될 뻔하였던 그에게 진리의 눈을 뜨게 하여 마음의 병을 고치는 길을 열어주었던 그 은사스님.
은사스님은 이제 청년 의학도 하봉규를 동산·혜일이라는 수행자로 거듭나게 만들어 주시고는 홀연 육신의 옷을 갈아입으신 것이다.
"……육신의 병만이 아닌 마음의 병까지 고치는 큰의사가 되라 하신 은사스님의 가르침, 명심하여 받들어 지키겠사옵니다."
동산 스님은 은사스님의 영정 앞에 엎드려 하염없이 마음의 결의를 다지고 또 다지는 것이었다.

8
승려가 된 마카오 신사 지효 스님

1941년 3월 13일.

동산 스님은 선학원에서 열린 고승법회에 나아가 설법을 통해, 종풍을 바로잡아 조선 불교를 조선 불교답게 일으켜세울 것을 역설하였다.

일찍이 1930년에도 전국수좌대회 준비위원, 선종 평의원, 순회 포교사로 추대되었을 만큼 수많은 대중들의 추앙을 받아오던 동산 스님이었으니, 이날 스님의 설법은 이 나라의 많은 수좌들에게 종단정화운동의 씨앗을 심어주기에 충분한 것이었다.

이듬해인 1942년에는 일본의 불교계를 돌아보고 그곳의 선승들과 문답을 나눠보기도 하였던 동산 스님은 조선 불교와 일본 불교가 결코 하나가 될 수 없음을 깊이 통찰하였다.

그런 이후로는 스님이 조실로 머물러 있던 부산 금정산 범어사 금어선원에서 정진수행하고 있던 수좌들에게 늘상 계·정·혜 삼학을 두루 갖추도록 힘주어 말하곤 하였다.
그러던 중 1944년 가을이었다.
"저, 스님……웬 마카오 신사가 조실스님을 만나뵙고자 하옵니다."
"마카오 신사라니?"
동산 스님은 문 밖에서 시자가 이르는 소리를 듣고는 방문을 열어보았다.
과연 웬 낯선 사람이 절 마당에 들어서고 있는데 가죽장화를 신고 마카오 양복을 입은 데다가 나비넥타이까지 매고 있었다.
나이는 한 사십쯤 되었을까.
당시로선 꽤 값비싼 신식 의복인 양복에 가죽장화 등으로 화려한 몸치장을 하고 다니는 남자들을 가리켜 '마카오 신사'라는 별명으로 부르던 때였다.
"그래, 바로 저 신사가 나를 만나러 왔단 말이냐?"
"예, 그러하옵니다요."
"그럼, 어서 안으로 모셔라."
절간에 신식 양복을 입은 사람 들어오지 말란 법은 없었으나 당시엔 저잣거리에서도 그런 신사를 만나는 경우가 퍽 드물던 때였다.

 시자도 그 신사의 방문이 예사롭지 않게 느껴졌던 지 안내를 하면서도 연신 흘끔거리는 모습이었다.
 "그래, 어쩐 일로 이 중을 찾으셨소이까?"
 이윽고 마카오 신사라고 불리운 40대의 건장한 남자가 동산 스님에게 정중히 인사를 올리고 자리에 앉았다.
 "예, 소생은 만주에서 군납공장을 운영하던 사람입니다."
 "아, 예……. 그래서요?"
 "군납공장을 하는 것도 마음에 차질 않고 해서 요즘은 무역상을 하면서 전기회사에 손을 대고 있습니다만, 이상하게도 돈이고 사업이고 모든 게 다 마음에 차질 않는단 말씀입니다."
 자세히 보니 과연 그 신사가 행색은 멀쩡했으나 얼굴은 수심이 가득한 형상이었다. 신사의 말이 계속 이어졌다.
 "헌데 오늘 새벽 동래 온천장에서 창문을 활짝 열고 저 산을 바라보고 있는데, 절간에서 종소리가 들려오질 않겠습니까요."
 "종소리가 들려오더라?"
 동산 스님은 그 신사의 얘기를 유심히 경청하는 가운데 빙그레 미소를 지어 보였다.
 "예, 헌데 그만 그 종소리를 듣는 순간……나도 머리를 깎고 중이 되었으면 좋겠다……그런 생각이 들었습니다요, 스님."
 "아니, 종소리 한 번 들으시고 중 될 생각이 들었다니요?"

누가 들으면 실소를 금치 못할 일이었으나 그 신사의 언행은 진지하기만 했다.
"이거 제가 생각해보아도 이상한 일이긴 합니다만, 하여튼 저는 그 종소리를 듣고 무작정 가까운 절간을 찾아갔습니다요, 금정사라고 하던가요……?"
"아, 그래요……. 저 아래 금정사라는 절이 있지요."
"그 절에 갔더니, 제대로 중이 되려면 범어사에 계시는 동 자(字) 산 자(字) 조실스님을 찾아가라고 해서 덮어놓고 이렇게 찾아뵈었습니다."
그 낯선 마카오 신사의 이야기를 들어보니 보통 예사롭지가 않았다.
그만한 나이에 또 그만한 형편이면 무엇이 그리 답답하여 하는 일마다 양에 차지 않는다는 것일까.
세계대전의 와중에서 군납공장을 경영한다면야 부귀영화는 따놓은 당상이고 일제치하에서 하루 세 끼는커녕 보릿고개에 연일 굶어 죽는 사람들이 허다한 판국에, 밥 걱정 할 필요가 없는 사람이 그런 말을 하는 걸 들으면 세상사람들은 배가 불러서 호사스런 소릴 지껄인다며 비아냥거릴 터였다.
허나, 일찍이 입신출세가 보장된 의사의 길을 버리고 산문에 들어선 동산 스님이 아니었던가.

"허허허! 정녕 지금도 중이 되고 싶으신 게요?"

동산 스님은 그 마카오 신사의 훤한 신수 안에 숨겨진 의중을 헤아려보고자 슬쩍 물어보았다.

일시적인 충동으로 중이 되겠다고 했다가 절밥 세 끼를 다 채우지 못하고 도망치듯 사라져버린 속인들도 더러 보아왔던 스님이었다.

"예, 나이가 사십이 넘었으니 그게 걸리긴 합니다만……."

"머리 깎고 중 되는 데야 나이가 무슨 상관이 있겠소만, 중다운 중 노릇을 하자면 쉬운 일이 아니오."

"그야 물론 각오가 돼 있습니다, 스님."

마카오 신사의 대답은 진실하다못해 사뭇 애절한 하소연처럼 들리는 것이었다.

그런데 동산 스님은 새삼 그 마카오 신사를 바라보며 한동안 대답없이 너털웃음을 웃었다.

"허허허허!"

"……왜 그러시옵니까요, 스님?"

그 마카오 신사는 자기 얼굴에 뭐가 묻기라도 한 줄로 알고 무척 당황한 표정을 지었다. 이에 답하는 동산 스님의 말씀 또한 걸작이었다.

"가죽장화에 양복에……금테안경에 나비넥타이……당장 머리를 깎아도 후회하지 않으시겠소?"
 "예, 스님. 결코 후회하지 않을 것이옵니다."
 가식이라고는 조금도 느껴지지 않는 신사의 태도에 동산 스님은 종전의 웃음기를 거둬들이고, 나직하나마 진중한 어조로 그의 출가를 허락해주는 것이었다.
 "허긴 부귀영화 그 덧없는 재물에 쫓겨 허우적거리며 사는 것보다야 영원히 사는 문 안으로 들어서는 것, 그게 훨씬 더 후련할 게요. 자! 그럼 당장에 머리를 깎아줄 것이니 나를 따라오시오!"
 이날, 이렇게 해서 동산 스님의 제자가 된 분이 바로 지효 스님이었다.
 지효 스님의 머리를 깎아준 지 채 몇 시간도 지나지 않았을 때였다. 무언가를 곰곰이 생각하고 있던 동산 스님은 입승을 거처로 불러들였다.
 "오늘 머리 깎은 사람 말일세……."
 "예, 저 마카오 신사 말씀이십니까요, 스님?"
 "그래, 그 사람, 바로 선방에 들여보내도록 하시게."
 "예? 선방에 말입니까요?"
 입승은 너무도 갑작스러운 동산 스님의 분부에 그만 벌어진 입을 다물지 못하고 있었다.
 "그래."

　입승의 놀라움에도 불구하고 동산 스님의 음성은 차분하기만 하였다.
　"아니, 조실스님……늦깎이에다가 신참인데, 저런 사람일수록 행자 노릇을 제대로 단단히 시킨 뒤 버릇을 잘 들여서 가르쳐야 될 것이 아닙니까요, 스님?"
　행자 노릇을 몇 년씩이나 하고서도 사미가 되어 선방에 들지 못하는 사람이 허다한데 동산 스님은 그날 막 들어온 신참을 선방에 들이라고 명하는 것이었다.
　"행자 노릇 단단히 시킬 사람 따로 있고, 사미 노릇 단단히 시킬 사람 따로 있는 법, 사람 근기에 따라 가르쳐야 할 것이니 선방에 바로 들여보내도록 하시게!"
　동산 스님이 법안(法眼)으로 미리부터 재목이 되리란 것을 예견하였던 지효 스님은 그리하여 입산 첫날에 선방에 든 흔치 않은 스님 가운데 한 분으로 기록되었다.

9
김치독에 소금을 듬뿍 쳐라!

1945년 8월 15일은 일제의 압제에서 벗어나 광명을 되찾은 날이다.

어둡고 암울하기 그지없던 억압의 쇠사슬에서 풀려나 민족의 자존심을 되찾게 된 기쁨에 거리는 온통 만세의 물결로 뒤덮였다.

그러나 해방 후에도 우리의 불교계는 왜색 불교의 혼탁한 그늘에 여전히 뒤덮여 있었으니 실로 통탄할 노릇이었다.

이 무렵, 우리나라 불교계에는 부인을 거느린 승려의 수가 무려 1만 2천여 명에 이르고 있었으나, 청정계율을 지키고 있던 독신승은 겨우 8백여 명에 불과한 실정이었다. 뿐만 아니라 대부분의 사찰 운영권은 왜색 승려들이 움켜쥐고 있었고 비구승들이 눈치밥을 얻어먹어가며 선방생활을 해야 하는 것 또한 해방 전이나 다름이 없었다.
 청정계율을 지키는 뛰어난 수좌들을 양성하는 것이 곧 이 나라 불교의 앞날을 기약하는 것이라 믿었던 동산 스님은 성철 스님과 지효 스님을 득도출가시킨데 이어 용대, 지백, 덕산, 화엄, 문수, 지유, 대정, 혜원 등 기라성 같은 인재들의 출가를 받아들여 제자로 삼았다.
 그러나 범어사의 재정권을 왜색 승려들이 틀어쥐고 있는 상태에서 이렇게 식구가 자꾸 불어나자 사찰에서도 큰 문제가 일어날 수밖에 없었다.
 동산 스님이 기거하던 청풍당 대중공양을 맡아 꾸려나가야 할 원주스님은 연일 불어나는 새식구들 때문에 골머리를 앓아야 했다.
 대중이 늘어나는 것이야 마땅히 기뻐하고 반겨야 할 터이지만, 당시 그 때문에 청풍당 원주스님과 범어사 주지승 사이에는 마찰이 끊일 날이 없었다.
 "주지스님, 제발 양식을 좀더 주십시요."
 "허허! 이 사람, 청풍당 원주!"
 "예, 주지스님."
 "자네도 아다시피 세상 인심이 흉흉해서 공양미 들어오는 것도 전만 같지 못하고, 시주도 별로 들어오지 않거늘 대체 무슨 수로 양식을 더 내놓으란 말인가?"

"그야 물론 어려우시겠지만 청풍당 식구가 전에는 대여섯에서 예닐곱에 불과했습니다만, 지금은 아시다시피 이십여 명이 넘습니다요."

"그러니 속 터질 일 아니겠는가! 지금 있는 식구들 끓여먹을 양식도 모자라는 판에 어쩌자고 조실스님께서는 오는 사람마다 머리를 깎아서 중을 만들어 먹이고 재우는지 답답한 노릇이 아니냔 말일세!"

주지승은 청풍당 원주스님이 양식을 타러 갈 때마다 이렇듯 드러내놓고 언짢은 기색을 내비치는 것이었다. 자연히 양식을 받아가지 못하면 선방 대중들을 굶기게 생긴 원주스님만 애간장이 타게 되었다.

"앞으로는 더 이상 식구가 늘지 않도록 조실스님께 잘 말씀드릴 터이지만, 기왕 머리 깎고 선방에 들어앉아 있는 수좌들을 어쩌겠습니까요, 예?"

"난 모르겠네! 일곱 사람 양식밖에는 더 이상 대줄 수가 없으니 가서 그렇게 전하시게!"

"하지만 주지스님, 곡간에 아직 양식 가마니가 쌓여 있질 않습니까요, 예?"

형편이 아무리 어렵다기로 멀쩡한 대중들 굶길 정도는 아니라는 것을 훤히 알고 있던 원주스님이 한마디 하자 주지승은 불같이 화를 내었다.

"무엇이 어째? 아니 이 사람, 청풍당 원주면 청풍당 살림이나 제대로 할 것이지, 왜 이 큰절 살림까지 들쑤시고 다녀?"

"아, 아니옵니다, 주지스님. 그런 게 아니고······."

"듣기 싫어! 조실스님이 오는 죽죽 머리를 깎아 중을 만들었으니 먹이든 굶기든 조실스님이 알아서 하시라고 해! 이거 원, 병정놀이를 하려는 것도 아니고 오는 죽죽 머리를 깎아주면 그 많은 양식을 무슨 수로 다 대준단 말이야 그래!"

길길이 화를 내며 동산 스님 험담을 해대던 주지승이 원주스님에게 내어준 양식은 겨우 반 가마에 불과했다.

"아무리 그러셔두 이건 좀 너무하십니다, 주지스님. 이십여 명 대중에 양식 반 가마 가지고 대체 몇 끼나 때우라는 겁니까요?"

"듣기 싫어! 난 더 이상 내놓을 수 없으니 알아서 하게!"

주지승은 원주스님이 무어라 대꾸할 여유도 주지 않고 자리를 피해버리는 것이었다.

당시 우리나라 불교계 형편은 어디를 가나 이 지경이었다. 사찰의 운영권은 물론이요, 절에 들어오는 공양미마저도 왜색 승려들이 움켜쥐고 내놓지 않던 시절이었으니 참으로 어처구니 없는 일이었다.

나중에 이 일을 알게 된 동산 스님은 사찰운영권을 쥐고 있는 왜

색 승려들의 행태가 하도 괘씸해서 급기야는 아랫절로 내려가게 되었다.

"아이구, 이거, 조, 조실스님께서 어쩐 행보이십니까요?"

주지승은 떨떠름한 표정을 지으면서도 그 음색에는 당황한 기색이 역력하였다.

"대체 언제부터 이 금정산 범어사 살림 형편이 이렇게 어려워지셨는가?"

동산 스님은 주지승의 인사치례를 듣는 둥 마는 둥하고 곧바로 주지승에게 호통을 치는 것이었다.

"무, 무슨 말씀이십니까요, 조실스님?"

"무슨 말이냐니? 절간에 양식이 떨어졌다면서?"

"그, 그야 절간 양식이 떨어진 건 아니옵니다만."

"그러면 처자식 밥 해먹일 양식은 남아 있으나, 독신 수좌들 죽 끓여먹일 양식은 없더라……이런 말이던가?"

동산 스님의 날카로운 물음에 허를 찔린 주지승이 찔끔한 듯 기어들어가는 소리로 답하였다.

"원참 조실스님두…… 무슨 말씀을 그렇게 하십니까요……?"

"이것 봐! 아랫절에 있는 자네들은 하루 세 끼 밥을 먹고 있지만 청풍당 수좌들은 아침마다 죽을 끓여 요기를 하고 있네! 그래, 그 양식마저도 아깝다 그런 말이던가?"

제 아무리 절 살림을 쥐고 흔들던 주지승이라 할지라도 동산 스님의 추상 같은 호령 앞에선 쩔쩔매었다.
"아, 알겠습니다요, 조실스님. 청풍당 양식을 더 올려보내겠습니다요."
그 주지승은 그대로 있다간 무슨 호통을 또 당할지 몰라 슬금슬금 꽁무니를 빼는 것이었다.

그 몇 년 후, 1950년 6월 25일 전쟁이 일어났다.
국군이 패퇴하자 부산에는 피난민들이 몰려들어 인산인해를 이루었다. 부산 동래 범어사에도 자연 피난온 수좌들이 모여들기 시작했으니 동산 스님이 주석하고 있던 청풍당 금어선원은 말 그대로 초만원이었다.
자리도 비좁고 먹을 양식이 모자라는 형편인데도 동산 스님은 찾아오는 수좌를 무작정 받아들여 머물도록 허락하는 것이었다.
이러니 청풍당 살림을 맡은 원주스님만 죽을 지경이었다. 참다 못한 원주스님은 어느 날 동산 스님께 조심스럽게 더 이상 수좌들의 방부를 받지 말아달라고 청하였다.
"하루가 다르게 식구는 늘어나고 양식은 모라자서 청풍당 살림이 말씀이 아니옵니다, 스님."
감히 조실스님에게 절간에 찾아드는 수좌들을 더 이상 받지 말아

달라 간청해야 하는 원주스님의 송구스러움 또한 이만저만이 아니었다.

하지만 당장에 수좌들 조석 끓여줄 양식조차 없는 형편이었으니 원주스님으로서도 더 이상은 도리가 없던 터였다.

그러나 원주스님의 어려운 처지를 모르고 있을 동산 스님 또한 아니었다.

"물론 원주가 없는 살림을 꾸려가자니 어려울 게야. 하지만 양식 걱정은 너무 하지 말게."

조실스님의 말을 들던 원주스님은 무슨 대책이라도 있는가 싶은 기대에 귀가 번쩍 뜨였다. 하지만 원주스님의 기대는 보기 좋게 빗나가고 말았다.

"출가사문 먹고 입는 것은 다 부처님이 내려주시는 법, 밥할 양식이 모자라면 죽을 쑤어 먹고, 죽 쑤어 먹을 양식이 모자라면 물 한 바가지 더 부어서 푹 끓이면 나눠먹고 살 수 있는 게야."

"하오나 스님, 절약하는 것도 한도가 있어야지요. 아침마다 멀건 죽만 먹이니 그렇잖아도 수좌들이 배고파 못 견디겠다고 야단들입니다요."

"허허, 저런 고얀 것들이 있는가! 계율에 적힌 대로 하자면 죽에 자기 얼굴이 훤히 비치도록, 그야말로 멀건 죽을 먹어야 하는 법이거늘, 아침 한 끼 죽 먹는 게 그리 불만이더란 말인가?"

동산 스님이 매우 언짢아하자 원주스님은 다른 핑계를 둘러댈 수밖에 없었다.
"선방도 이젠 비좁아서 더 이상 비집고 앉힐 자리도 없습니다요, 스님."
"그렇다고 갈 곳 없는 수좌를 내쫓을 수는 없는 일 아니겠는가. 한 바퀴 더 돌려 앉히면 앉을 자리야 만들기 나름."
"하오나 스님······."
원주스님은 어떻게든 식구 수를 더 늘리지 않아야 있는 대중들이나마 먹일 수 있다는 생각에서 연신 동산 스님의 눈치를 보아가며 사정을 좀 바꿔보려 하는 것이었다.
"스님, 원래 법도대로 따진다면 결재중에 새로 방부는 받지 않는 법 아닙니까?"
"허허, 이 사람, 결재도중에 방부를 받지 않는 것은 태평세월 적 법도 아닌가? 지금은 난리중이요, 사람이 죽고 사는 험한 판국인데 어찌 우리가 법도만 따지고 있을 수 있겠는가?"
"조실스님의 깊은 뜻이야 어찌 저희가 모르겠사옵니까만······."
원주스님으로서도 더는 간청해볼 엄두가 나지 않았다.
"······ 너무 그렇게 염려하지 말게. 열심히 수행하는 중이 굶어죽었다는 소린 아직 듣지 못했네."
동산 스님은 조용히 눈을 들어 먼데 하늘을 바라다보았다. 어디

선가 포성이 들리는 듯하였고 좀처럼 전쟁이 쉽게 끝날 것 같지는 않았다.

이렇듯 어려운 때에도 찾아오는 수행자마다 따뜻이 맞아들여 청풍당에 머물게 하는 동산 스님이었으니, 그해 가을 청풍당에 모여든 수좌가 무려 84명이나 되었다.

방방곡곡의 수좌라는 수좌는 다 모여드는 것만 같았.

비록 양식이 모자라 얼굴이 비치는 멀건 죽으로 허기를 견디면서도, 비좁은 방에서 어깨와 어깨를 맞대고 결연한 자세로 참선삼매에 들던 젊은 수좌들.

동산 스님은 청풍당에 가득히 둘러앉은 수좌들을 지극히 아꼈고, 지극히 사랑했으며, 지극히 자랑스럽게 여길 따름이었다.

그런데 바로 그 무렵의 일이었다.

엎친 데 덮친 격으로 범어사 경내에 군인들이 주둔하게 되는 일이 벌어졌다. 지금 같으면야 이런 일이 있을 수도 없었겠으나 전쟁 당시에는 범어사·통도사에 군인들이 잠시 주둔하며 각종 시설을 사용하기도 하였다.

당시 범어사에는 군야전병원이 임시로 들어섰고, 범어사 경내에서 수많은 군인들이 부상을 치료받았는가 하면, 한때는 국민방위군 훈련소로 이용되기도 했었다.

또한 범어사 경내의 안심료는 국군과 유엔군의 유골안치소로 쓰이기도 했었다.

이렇듯 범어사 경내에 군부대가 주둔하고, 일주문 밖에 보초가 서고 보니 신도들의 출입이 통제를 받게 되었다.

사정이 이렇게 되었으니 그나마 조금씩 들어오던 공양미도 줄어들었고 그만큼 청풍당 살림형편도 더 어려워질 수밖에 없던 터였다.

그해 초겨울, 청풍당에서는 겨울을 나기 위해 스님들이 김치를 담그느라 여념이 없었다.

"이것 보아라. 이 김치독 한번 열어보아라."

경내를 거닐던 동산 스님은 제자들이 부지런히 일손을 놀리고 있는 앞으로 다가와 막 담근 김치독 하나를 열게 하는 것이었다.

"무얼 하시게요, 스님?"

한 수좌가 공손히 여쭈며 독 뚜껑을 열었다.

"김치를 제대로 담궜나 한번 봐야겠다. 어서 그 김치쪽 하나 꺼내보아라."

동산 스님은 제자가 꺼내준 김치쪽을 맛보고는 이내 눈살을 찌푸렸다.

"원, 이녀석들. 김치를 이렇게 담그면 어쩌자는 게야?"

"……왜요, 스님?"

"아, 인석아, 너두 한번 맛을 보아라!"

방금 전에 김치쪽을 꺼내 동산 스님에게 드렸던 제자가 자기도 김치 한 쪽을 맛보았다.

"……괜찮은데요, 스님?"

"괜찮기는 인석아! 김치가 이렇게 싱거우면 한 달도 못가서 동이 날 것이야."

"예에? 아니 이 김치가 싱겁다구요, 스님?"

함께 김치를 담그던 다른 제자들이 저마다 김치 한 쪽씩을 맛보고는 제각기 눈을 휘둥그렇게 떴다.

그들 가운데 누구도 그 김치를 싱겁다고 말하는 이가 없었다. 그러나 동산 스님은 한사코 그 김치가 싱겁다며 소금을 듬뿍 치라는 게 아닌가.

"소금을 더 쳐! 듬뿍 더 치라니까!"

"아유, 스님, 그렇잖아도 짠 것 같은데 여기다 소금을 더 치면 어떻게 먹게요, 스님?"

제자들은 슬슬 스님의 눈치를 살펴가며 볼멘소리를 하였다.

"허허, 이런 녀석들, 뭘 몰라도 한참 모르네그려……. 인석아, 이번 난리는 하루 이틀에 끝날 난리가 아니야. 두고 보면 알겠지만 피난 올 수좌들이 앞으로도 많을 게야. 그걸 대비해서 김치를 짜게 담궈둬야 겨울을 날 수 있을 것이니 시킨 대로 소금을 더 쳐!"

동산 스님은 제자들이 소금을 더 칠 것 같지 않자 손수 소금바구니를 들고 다니며 김치독마다 일일이 듬뿍듬뿍 소금을 치는 것이었다.
이를 본 한 제자가 걱정스러운 듯이 참견을 하였다.
"어이구, 스님. 이렇게 많이 치시면 김치가 아니라 소금할아버지, 염조가 되겠습니다요."
"에이끼 녀석! 김치는 시어빠져서 못 먹는 수는 있어도 너무 짜서 못 먹는 법은 없는 게야.!"
과연 스님이 예견했던 대로 전쟁은 그해가 다가도록 끝나지 않았다.
이리하여 그해 겨울이 깊어지기도 전에 범어사 청풍당에는 백이십 명이라는 엄청난 수의 수좌들이 피난 오게 되었다.
동산 스님이 김치에 소금을 듬뿍듬뿍 뿌린 덕을 그 수좌들이 톡톡히 입게 되었음은 두말할 나위도 없는 일이었다.

10
꿈도 없고 생각도 없을 때에 너는 과연 무엇이더냐

　동산 스님의 덕화가 어찌나 크고 넓었던지 전쟁이 끝난 후에도 전국 방방곡곡에서 수좌들이 찾아와 스님의 문하에 들여주기를 간청하는 바람에 범어사 청풍당에는 사람 발길이 끊어지질 않았다.
　청풍당 김장김치에 동산 스님이 소금을 듬뿍듬뿍 뿌려 연일 찾아드는 수좌들 먹거리를 해결해주려 했던 그 이듬해 겨울에도 웬 젊은이 하나가 찾아와 스님 뵙기를 청하였다.
　자신의 이름을 고병완이라 밝힌 그 청년은 조실로 안내되어 정중히 예를 갖춘 후에 동산 스님과 마주 앉았다.
　"무슨 일로 날 찾아왔는지요?"
　"……예, 저……사내대장부가 사람 노릇을 제대로 하려면 참선 구경이라도 해야 한다기에……그래서 찾아왔사옵니다."

그 청년은 절간 출입이 처음인 듯 머뭇거리며 더듬더듬 대답하였다.
"허허허! 그래서 참선수행하는 구경을 하러 오셨단 말씀이신가?"
스님은 얼핏 당돌하게 들릴 수도 있는 그 청년의 얘기를 부드럽게 받아주었다. 청년은 연이어 이르기를, 최소한 석 달은 절에 머물러 있어야 제대로 참선하는 모습을 구경할 수 있다고 들었던 바, 석 달 동안 자신을 청풍당에 있게 해달라는 것이었다.
동산 스님의 입가에 알 수 없는 미소가 번져나는가 싶더니 그 청년을 향하여 한마디 툭 던지는 물음이 있었다.
"그럼 어디 한번 일러보시게. 꿈도 없고 생각도 없을 때, 과연 어떤 것이 그대의 본래 면목이신고?"
"예에?"
느닷없는 스님의 물음에 청년이 어리둥절해졌을 건 당연한 일이었다.
그러나 스님은 재차 똑같은 질문을 내려 청년을 더욱 당황하게 만드는 것이었다.
"꿈이 있을 때는 꿈이 그대라고 하고, 생각이 있을 때에는 생각이 그대라고 하세. 헌데 꿈도 생각도 없을 때, 그땐 과연 무엇이 그대의 실체라고 하시겠는가? 어디 그것을 한번 내놓아보시게!"

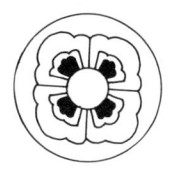

 첫인사를 올리자마자 동산 스님이 느닷없이 내던진 이 수수께끼 같은 물음에 어느 누군들 감히 대답할 수가 있었을 것인가.
 이날, 청년 고병완은 그 어떤 말로도 대답을 하지 못한 채 조실 스님 방을 물러나와야 했다.
 그가 바로 훗날의 선지식 광덕 스님이 될 줄을 미리 예견하셨던지, 동산 스님은 생전 처음 참선구경을 하러 온 청년에게 첫대면에서부터 화두를 던져준 것이었다.
 암울한 식민지시대의 백성으로 태어나 나라 잃은 치욕을 씹으며 살아온 청년 고병완.
 그에게는 나라 잃은 백성으로서 겪어야 했던 굴욕과 수모를 어떻게 하면 씻을 수 있을 것인가가 가장 큰 과제였다. 그 과제를 풀기 위하여 그는 수많은 밤을 밝히며 학문에 열중했었고 그 와중에서 해방과 동란을 맞았던 것이었다.
 그렇듯 청년기를 번민과 역사의 소용돌이 속에서 살아온 청년 고병완에게 난데없이 던져진 질문, 그것은 안개속을 헤매이는 듯한 답답함 속으로 그 자신을 몰아넣고 있는 것이었다.
 그날 밤, 고병완은 조실 맞은편 원주스님의 시자 방에 머물며 밤새도록 생각에 잠겼다.
 '꿈도 없고 생각도 없을 때, 그대의 본래 면목은 과연 무엇인가? 어디 그것을 한번 내놓아보시게.'

밤새도록 동산 스님의 물음이 잠의 고삐를 꼭 붙들어 매놓은 채 어서 그것을 내놓으라고 재촉하는 바람에 고병완은 그 밤을 뜬눈으로 지새워야 했다.

밤을 하얗게 밝혔건만 고병완은 뚜렷한 해답을 얻을 수가 없었다.

다음날 아침, 인사를 드리러 가니 동산 스님은 청년 고병완에게 또 똑같은 질문을 던지는 것이었다.

"꿈이 있을 때는 꿈이 그대라고 하고, 생각이 있을 때는 생각이 바로 그대라고 하세. 그러면 꿈도 생각도 없을 땐 무엇이 과연 그대의 실체이겠는가?"

"……."

다음날에도, 또 그 다음날에도 똑같은 질문이 이어졌다. 스님의 물음에 해답을 구하고자 생각에 생각을 거듭하던 고병완이 궁리 끝에 몇 마디 의견을 사뢰었으나 번번이 틀렸다는 대답뿐이었다.

"방금 그대가 나에게 하신 말씀은 그 말씀 자체가 생각한 것 아니신가? 생각도 말고, 꿈도 말고, 그대의 본래 면목은 과연 무엇인지 그것을 일러보시게."

아무리 정신을 몰두해 생각해보아도 과연 자신의 본래 면목이 무엇인지를 말할 수가 없었던 청년 고병완은 실로 참담한 심경에 빠지게 되었다.

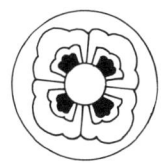

　너 자신의 본래 면목이 무엇인지도 모르고 살아온 이 얼간이 고병완아! 그러면서도 너는 책과 씨름하며 밝힌 그 수많은 밤들을 근거로 지식인 흉내나 내고 있었느냐!
　고병완은 세상사람들 모두가 자신을 손가락질하며 비웃는 것 같아서 견딜 수가 없었다. 그는 그 조롱을 면하기 위해서라도 기어이 스님의 물음에 대한 해답을 찾으려고 무진 애를 태웠다.
　그러나 오기에 끌려다니는 마음은 더욱더 무거워지기만 할 뿐이었다.
　이럭저럭 이레째 되던 날 아침이었다.
　고병완이 조실스님의 방문을 열고 들어가니 마침 스님은 붓끝에 먹물을 잔뜩 묻혀 글을 쓰고 있던 중이었다.
　"스님, 밤새 안……."
　청년 고병완이 절을 올린 연후에 문안인사를 하려고 입을 벌리려던 참이었다.
　"일러라! 어서 일러!"
　글쎄 동산 스님은 먹물이 듬뿍 묻은 붓끝을 고병완의 입끝에 탁 들이대며 고함을 지르는 것이었다.
　"……."
　청년 고병완은 그 자리에서 그만 두 눈을 감고 말았다. 비로소 그는 이 수수께끼 같은 스님의 질문이 지식이나 이론으로는 도저히 풀어낼 수 없다는 것을 알게 되었던 것이다.

청년 고병완은 비참한 심경으로 말없이 스님의 방을 물러나왔다.

그날부터 청년 고병완은 낯선 이방인처럼 청풍당 뜰 안을 서성이면서 무언가 자기가 할 수 있는 일을 찾기 시작하였다.

그는 누가 시키지 않는데도 마당에 쌓인 눈을 쓸고, 마루를 닦아내고, 밤에는 댓돌 위에 가지런히 놓여 있는 그 수많은 스님들의 고무신을 깨끗이 씻어놓는 것이었다.

그러기를 하루, 이틀, 사흘, 나흘, 닷새가 지났다.

"스님, 선방 구경 왔다는 저 청년 말씀입니다요."

하루는 동산 스님의 시자가 고병완의 남다른 행동을 스님에게 전하였다.

"그래, 그 청년이 어쨌다는 얘기던고?"

"혹시 조실스님께서 스님들 고무신 닦아놓으라고 시키셨습니까요?"

"난 그런 일 시킨 적 없느니라."

"그런데 그 청년이 매일밤 저 많은 스님들 고무신을 깨끗하게 닦아놓곤 합니다요."

"그래……그건 나도 보아서 알고 있느니라. 너 지금 선방에 가서 입승 좀 내가 보잔다고 일러라."

동산 스님은 보지 않는 듯하면서도 벌써 청년 고병완의 몸가짐

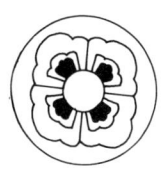

하나하나를 유심히 살펴보았던 터였다.

이 당시 범어사 금어선원의 입승은 손경산 스님이 맡고 있었다.

"그대도 저 귀티나는 청년을 보았겠지?"

이윽고 입승인 경산 스님이 방 안에 들어와 예를 올리고 앉았을 때에 동산 스님이 입을 열었다.

"성씨가 고씨라는 그 청년 말씀이십니까요, 스님?"

"그래, 성씨가 고씨라니 고처사로 부르면 되겠구먼."

"예, 스님."

"고처사를 옆에서 지켜보니 생각과 행실이 십 년 수좌보다 낫네."

경산 스님 또한 그간 고병완을 지켜본 바에 의하면 동산 스님과 같은 생각을 하고 있던 중이었다.

"거 고처사, 선방구경을 왔다니까 들여보내주시게."

경산 스님은 동산 스님의 분부를 받고는 어안이 벙벙하였다. 아무리 생각과 행실이 밝은 승려라 하더라도 선방에 들어가려면 절차를 밟아야 하는 게 불가의 관행이었다. 워낙 까다롭기 이를 데 없고 복잡한 것으로 정평이 나 있는 것이 또한 선방 절차였다.

선방에 들어가 참선수행하기 위하여 새로 찾아온 승려는 우선 객스님의 접수를 맡고 있는 지빈스님을 찾아 방부신청을 해야 한다.

이 지빈스님의 방부신청을 받은 뒤 조실스님께 인사를 올리고 방부허락을 받아야만 선방에 들어가는 게 가능한 것이다.
 객승의 방부신청을 받은 조실스님은 그에게 패각(사찰이나 선원의 법도와 질서를 어기고 말썽을 부리는 일)한 일이 있느냐, 없느냐를 묻게 되어 있다.
 만일 방부를 청하는 객승이 그전에 패각한 사실이 있으면 어느 선원에서도 받아주지 않는 것이 불가의 관례인 것이다.
 이렇게 하여 조실스님의 허락을 받으면 입승에게 인사드리고 점심공양 후 선방 뒷문으로 들어가 대중 앞에 삼배를 올려야 한다.
 이때에 또 '조실스님 모시고 한철 지내겠습니다'하고 다짐을 마쳐야 비로소 선방수좌의 일원으로서 참선수행을 할 수가 있는 것이다.
 그런데 아직 삭발출가도 아니한 고처사를 선방에 들여보내라 하는 조실스님의 명이 있었으니 경산 스님은 당황스러울 따름이었다.
 "선방에, 들여보내라구요, 스님?"
 경산 스님은 동산 스님에게 조심스럽게 다시 여쭈어보았다. 스님은 말없이 고개를 끄덕인 연후에 경산 스님에게 당부를 내렸다.
 "그냥 집어넣지만 말고 참선하는 법을 제대로 좀 가르쳐서 넣어주시게."
 이리하여 청년 고병완은 삭발출가도 하기 전에 동산 스님의 특별한 배려로 선방출입을 허락받게 되었던 것이다.

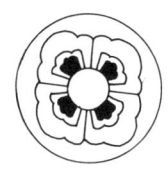

고병완은 이후부터는 고처사로 불리우며 손경산 스님으로부터 참선방법을 배우게 되었다.

"자, 이제 되었네. 이렇게 앉는 것은 가부좌라 하네……. 그런데 조실스님께서는 고처사에게 무엇을 참구하라 하시던가?"

"예, 꿈도 없고 생각도 없을 때에 너의 본래 면목은 과연 무엇이냐, 그걸 물으셨습니다."

"그럼, 바로 그것을 화두삼아 열심히 참구하시게. 아시겠는가?"

"예, 스님 분부대로 열심히 공부하겠습니다."

참선수행.

그것은 말 그대로 고행이었다.

새벽 2시 45분이면 어김없이 얼굴을 씻고, 새벽 3시면 대웅전 큰 법당에 올라가 예불을 올리고, 참선한 뒤 아침 죽을 먹고 나면 7시부터는 손에 비를 들고 도량청소를 해야 한다. 오전 9시부터 10시 반까지 다시 참선을 한 뒤 오전 11시 반에 점심공양에 들어간다. 이후 2시부터 다시 참선수행을 하다가 오후 4시에 방선을 하게 되며 오후 5시에는 저녁공양을 들고 6시에는 저녁예불 시간이 시작된다. 7시부터 다시 참선에 들어가 밤 9시에 일과를 마치면 참선수행하던 수좌들은 바로 그 자리에서 머리를 맞대고 목침을 베고 누워, 깔고 앉았던 방석 한 장을 배 위에 덮으면 바로 그것이 수행자들의 잠자리가 되는 것이다.

수행자들은 방바닥에 요를 깔지 않는 것은 물론 이불도 없고 담요 한 장도 덮지 않는다.
　여느 수행자들처럼 목침을 베고 방석 한 장을 베고 누운 고처사는 제대로 잠을 이룰 수가 없었다.
　'꿈도 없고 생각도 없을 때, 과연 무엇이 본래 그대의 면모더란 말인고?'
　밑도 끝도 없이 떠오르는 화두를 풀어내지 못해 몇 날 며칠 밤을 뜬눈으로 지새우다시피 하였던 고처사는 마침내 철야정진, 묵언수행을 결행하였다.
　입선과 방선을 알리는 죽비소리만이 경내의 침묵을 일깨워주는 하루가 지나고, 이틀, 사흘, 그리고 석 달이 모두 지나갔다.
　어느새 이듬해 음력 정월 보름, 겨울 한철의 수행이 끝난 후 이윽고 동산 스님의 해제법문이 있었던 날이다.
　"여보시게 고처사! 내 방으로 좀 들어오시게!"
　해제법문을 마친 동산 스님이 고처사를 안으로 불러들였다.
　"선방구경을 석 달만 하겠다 그러셨지, 아마?"
　"……예."
　"그래, 석 달 동안 선방구경은 제대로 하셨는가?"
　"이제 겨우 선방 문고리를 잡은 셈이옵니다, 스님."
　석 달이 지나는 동안 고처사의 마음자리가 얼마나 닦여져 있었는

지 시험해보는 동산 스님의 입가에 엷은 미소가 어렸다.

"그래, 그동안 그대의 본래 면목은 찾으셨는가?"

"말씀드리기 부끄럽사오나, 제 본래 주인은 마음이 아닌가 합니다."

이에 동산 스님은 파안대소하며 기쁨을 나타내는 것이었으니 고처사의 눈빛 또한 푸른 정기를 머금어 맑게 빛났다.

"하하하하! 석 달 동안 죽 먹이고 밥 먹인게 헛일은 아니었구먼, 그래. 응? 하하하!"

"부끄럽사옵니다, 스님."

"허면, 그 마음이라고 하는 것은 대체 어디에 있는고?"

고처사는 잠시 대답을 않은 채 공손히 고개를 조아렸다. 동산 스님이 재차 물었다.

"허면, 그 마음이라고 하는 것은 그 모양이 어떻게 생겼던고?"

이윽고 고처사가 고개를 들며 동산 스님에게 되물었다.

"하오면 스님, 허공은 대체 어디에 있고, 그 모양은 대체 어떻게 생겼다고 이르시겠습니까?"

고처사의 대답이 끝나자 동산 스님은 또 한바탕 호기롭게 웃는 것이었다.

"하하하하! 그대는 선방 문고리만 만져본 게 아니라 문턱을 수없이 넘나드셨네그려, 응? 하하하하! 헌데 고처사!"

"예, 스님."

"설마한들 선방구경을 중도에 그만두고 떠날 생각은 아니시겠지?"

"……밥값을 제대로 못하는 처지라 조실스님을 한철 더 모시고 싶다는 말씀을 차마 드리지 못하겠사옵니다만……."

고처사는 동산 스님의 칭찬에 안색까지 붉어지며 부끄러워하는 것이었다. 동산 스님은 고처사의 겸손함에 다시 한번 칭찬을 내리며 말을 이었다.

"그대 고처사는 이 청풍당에 석 달 머물면서 3년치 밥값을 너끈히 치루신 셈이야."

"아니, 스님. 정말이시옵니까요?"

"암, 정말이구말구. 사실 말일세, 고처사가 떠나겠다고 해도 내가 놓아주지 않을 생각이었네. 내 말 뜻 아시겠는가?"

선근(善根)을 꿰뚫어볼 줄 알았던 동산 스님의 혜안이 오늘날 우리나라 불교계에 한 재목을 심어놓는 큰 계기가 되었던 것이다.

11
실성한 제자를 업고 물을 건너다

겨울 한철 참선수행에 들어갔던 수좌들이 선방을 내려온 며칠 뒤, 범어사 청풍당에는 반갑지 않은 일이 벌어졌다.

동산 스님의 시봉을 들던 영기 수좌가 그만 실성을 해버린 것이었다.

놀라서 허둥지둥 동산 스님에게 달려온 제자들의 전언에 의하면, 영기 수좌가 청풍당 선반 어간에 떡 버티고 앉아서 호통을 치고 있다는 것이었다.

그 호통이란 것이 모든 수좌들더러 다들 와서 자신을 향해 삼배를 올리라는 것이었는데, 더욱 가관인 것은 그가 조실스님이나 앉게 되어 있는 부처님 맞은편 자리에 아주 방자한 모양새로 버티고 앉아 있다는 것이었다.

"영기 수좌가 아무래도 실성을 했는가 보옵니다, 스님. 웃다가, 울다가, 소리를 지르다가 아무래도 정신이 나간 모양입니다요, 스님."

"허허, 이게 대체 무슨 불길한 소리란 말이던고!"

동산 스님이 제자들을 데리고 청풍당으로 올라가보니 과연 스님의 시봉을 들던 나이어린 수좌가 실성한 듯 고래고래 소리를 질러대고 있었다.

"아니 이 녀석이 어쩌다가 이 지경이 되었단 말이던고?"

스님이 혀를 차며 탄식하는 가운데 곁에 있던 월산 스님이 말하였다.

"어제 오후부터 갑자기 하는 짓이 이상했었습니다, 스님."

"어서 데려다가 따뜻한 방에 눕히고 며칠 푹 쉬도록 보살펴주게."

제자들은 스님의 분부를 받들어 실성한 영기 수좌를 정성껏 보살펴주었다.

그러나 영기 수좌의 병은 좀처럼 나아질 기미가 보이지 않았다. 날이 갈수록 증세가 악화되는가 싶더니 나중에는 자기 집으로 가야 한다고 고래고래 소리까지 질러대는 것이었다.

사정이 이쯤 되고 보니 절에서는 별 수 없이 그를 속가로 보내기로 뜻을 모았다.

"그래…… 속가로 돌아가 부모 품에 안기면 제정신이 돌아올지도 모를 일이야. 이 아이 속가가 상주라고 했지?"

동산 스님의 물음에 월산 스님이 대답하였다.

"예, 스님. 저희들이 데려다주고 오겠습니다."

"안 될 소리! 이 아이는 내가 직접 데리고 가서 속가의 부모님께 돌려드리는게 도리일 것이야."

"아니, 스님. 스님께서 몸소 이 아이를 데리고 가시겠다구요?"

월산 스님이 펄쩍 뛰는 시늉을 하며 만류하였으나 동산 스님의 뜻은 이미 굳어진 후였다.

"절에서 병이 들었으니 내가 데리고 가서 속가의 부모님께 사죄를 드리고 의논을 해서 병원에라도 데리고 가야지, 그대들이 데리고 가서 버리듯 내던지고 오는 것은 사람의 도리가 아니야. 욕을 먹어도 내가 먹을 것이요, 매를 맞아도 내가 맞을 것이야. 자, 영기야. 너희 집으로 가자! 나하고 둘이서 너희 집으로 가잔 말이다. 응?"

스님은 마치 친자식을 얼르듯이 실성한 제자를 다정하게 어루만져주는 것이었다.

영기 수좌는 초점이 풀어진 눈으로 동산 스님을 바라보며 비실비실 웃었다. 그 모습을 보고 제자들은 웅성거리며 더욱 걱정스럽게 수군대기 시작하였다.

"조실스님께 한 말씀 올리겠습니다."
마침내 이를 보다 못한 월산 스님이 앞으로 나섰다.
"무슨 말씀이던고?"
"조실스님께서 이 아이를 손수 데리고 가셔서 속가의 부모품에 안겨주시겠다는 깊은 뜻을 모르는 바 아니옵니다만……."
말이 채 끝나기도 전에 동산 스님이 팔을 내저어 월산 스님의 이야기를 가로막았다.
"그 얘기라면 이미 정해졌으니 그만두시게."
"아니옵니다, 조실스님. 이 아이가 길길이 뛸 적에는 젊은 수좌 두셋이 달라붙어도 그 힘을 당하지 못했습니다. 하온데 어찌 노스님께서 혼자 이 아이를 데리고 가실 수 있다 하시옵니까? 저희에게 맡기십시오."
제자의 간곡한 만류에도 불구하고 동산 스님은 고개를 가로저었다.
"길길이 뛸 적에야 이 늙은 중이 어찌 감당하겠는가마는, 그래도 사람의 도리는 지켜야하는 법. 성할 적에 제자요, 자식이라 했거늘 병들었다고 해서 스승의 도리, 어버이의 도리를 어찌 저버릴 수 있단 말인가?"
"하오나 스님……."
"내가 잘 타일러 데려다주고 올 터이니 그대들은 내 걱정 말고

수행이나 여법(如法)하게 잘 하시게."

이리하여 동산 스님은 기어이 당신 혼자 실성한 제자를 데리고 일주문을 나서는 것이었다.

청풍당에 머물고 있던 여러 제자들은 모두 다 무거운 마음으로 일주문 밖에까지 따라 나가 동산 스님을 배웅하였다.

노스님 혼자서 실성한 제자를 앞세우고 어산교를 지나 그 모습을 길 저편으로 감추는 순간, 월산 스님이 혼잣소리로 한마디 중얼거렸다.

"대장께서는 출타하시고, 쫄병들만 남았구나……."

이 말을 듣고 웃는 사람은 단 한 사람도 없었다. 제자를 아끼는 동산 스님의 지극한 사랑에 모두들 목이 메어 있었던 것이다.

그런데 오고 가는 데 이틀이면 충분한 거리인 상주로 향한 지 사흘이 지나도록 동산 스님은 감감무소식이었다.

그렇잖아도 마음이 편치 않았던 제자들은 행여 스님이 무슨 곤욕이라도 당한 건 아닌가 하여 저마다 조바심을 내며 기다리는 중이었다.

"이거 아무래도 조실스님께서 무슨 일이라도 당하신 거 아냐?"

"그러게 말일세. 영기 그 녀석 길길이 뛸 적에는 항우장사도 그 기운을 못 당하겠던데……."

"그리구 속가에서도 멀쩡한 자식 병들게 했다고 어거지를 쓰며 노스님께 행패나 안 부렸을지 그것도 걱정이구요."
 "설마한들 그런 일이야 있겠습니까마는, 그 녀석이 도중에 기가 발동해서 도망질이나 안 쳤는지 전 그게 또 걱정이구면요."
 이렇듯 청풍당에 남아 있던 제자들이 저마다 걱정들을 하고 있던 중, 동산 스님은 나흘째 되던 날 저녁 무렵에야 한쪽 다리를 절룩거리는 모습으로 돌아오는 것이었다.
 이제나 저제나 일주문 앞을 서성이며 노스님을 기다려왔던 제자들은 화들짝 놀라며 스님을 향해 달려나갔다.
 "스님! 아이구, 스님. 다리를 왜 절룩거리십니까요?"
 "스님 얼굴엔 또 웬 멍이 들었습니까요, 예? 스님, 무슨 일을 당하셨군요?"
 떠날 때와는 영 딴판으로 달라진 스님의 행색을 이리저리 살피며 제자들이 물었다.
 "멍이 들긴 무슨 멍이 들었다고 그러느냐? 아무 일도 없었다."
 동산스님은 태연자약한 얼굴로 제자들을 돌아보았다. 이때에 월산 스님이 노스님이 짊어지고 있던 바랑을 받아들었다.
 "거 아무것도 안든 바랑이건만 벗고 보니 한결 개운허구먼그래? 허허허!"
 동산 스님은 아무 일도 없었다는 듯이 짐짓 한바탕 웃으며 조실로 들어갔다. 그러나 제자들이 갈아입을 옷을 들고 들어가 자세히

살펴보니, 스님의 한쪽 무릎에 상처가 나 있고 푸릇푸릇 멍든 곳이 한두 군데가 아니었다.

"스님, 대체 어쩌다 이렇게 다치셨습니까요, 예?"

월산 스님이 매우 걱정스러운 듯 물었다.

"다치기는 뭘 다쳤다고 그래? 개울에서 자빠져 좀 부딪친 것 뿐인걸."

동산 스님은 대수롭지 않게 월산 스님의 물음을 받아넘기곤 상처 난 곳을 얼른 가리려 드는 것이었다.

이에 다른 제자가 갑갑해 못 견디겠다는 투로 다시 여쭈었다.

"아닙니다요, 스님. 누구한테 행패를 당하셨습니까요?"

"행패는 인석아. 영기 그 녀석, 시봉으로 부려먹은 거 한꺼번에 갚다가 이렇게 됐다."

"…… 무슨 말씀이시옵니까요, 스님?"

동산 스님은 마치 큰일이라도 난 것 마냥 눈을 휘둥그래 뜨고 있는 제자들에게 더 이상 숨기기가 뭣한 듯 저간의 곡절을 털어놓았다.

"아 글쎄, 그 녀석 고향집엘 가는데 개울이 나오질 않았는가? 그런데 영기 그 녀석이 개울 앞에 떡 버티고 서더니만, 날더러 업어서 건네라는 게 아니겠는가?"

"아니, 세상에! 그 녀석이 조실스님 보고 업어서 건네달라고 했단 말씀입니까?"
 듣고 있던 제자들은 아연실색, 기가 차서 할말을 잊고 있는데 월산 스님이 새파랗게 질린 낯빛이 되어 여쭈었다. 동산 스님은 마치 남의 이야기하듯이 무심한 음성으로 대답하였다.
 "그래. 업어서 건네주지 않으면 집에 안 가겠다고 버티는 게야."
 "원, 저런 망할 녀석 같으니라구. 그럴 때 따귀를 한 대 올려붙이시지 그러셨습니까요, 스님?"
 한 나이어린 제자가 분해서 못 견디겠다는 투로 말하였다.
 "에이끼 이 녀석아! 아 그렇잖아두 실성한 사람, 살살 달래서 거기까지 갔는데 따귀를 올려붙이면 될 말이냐, 그게?"
 동산 스님이 나이어린 제자를 꾸중하는 소릴 듣고 고처사가 조심스레 여쭈었다.
 "그래서 어떻게 하셨습니까요, 조실스님?"
 이번엔 동산 스님이 고처사에게 되물었다.
 "고처사 자네 같으면 어떻게 하셨겠는가?"
 "그, 글쎄요!"
 "아, 이 사람들아, 생각을 해봐. 성한 사람하고 실성한 사람하고 누가 이기겠는가?"
 "그, 그야 실성한 사람이 이기겠지요, 스님."
 고처사가 대답하였다.

"자네가 바로 말했네. 성한 사람이 져야지 별 수 있겠는가?"
"아니, 그럼 스님께서는 그 아이를 업으셨단 말씀이십니까?"
이번엔 월산 스님이 물었다. 동산 스님의 대답은 너무도 간단하였다.
"업었지."
"아니, 세상에……."
제자들은 한결같이 낯빛까지 붉혀가며 비록 실성했다고는 하나 한때나마 조실스님의 시봉노릇을 했던 영기 수좌의 무례함을 탓하였다. 아울러 그런 자에게 곤욕을 치루고 돌아온 조실스님 대하기가 면구스러워 다들 어쩔 줄을 모르고 있었다.
그런데 동산 스님은 마치 제자들에게 옛날이야기라도 들려주는 것처럼 태연하게 저간의 곡절을 풀어놓는 것이었다.
"개울바닥에는 크고 작은 돌들이 쫙 깔려 있는데 미끄럽기는 하지, 그 녀석은 또 왜 그렇게 무거운지……. 아, 그런데 개울 중간쯤 가다가 이 녀석이 길길이 날뛰기 시작했으니 거기서 그만 개울물 속에 나뒹굴고 말았네."
"원, 저런. 그, 그래서 이렇게 다치셨군요, 스님?"
월산 스님이 혀를 끌끌차며 여쭈었다.
"흐르는 물살 속에서 한참 허우적거리다가 겨우 일어나 보니 그 녀석은 또 물에 빠진 내 꼴이 우스웠던지 낄낄거리고 웃고 있더라구."

 "세상에, 원 망할 녀석 같으니라구. 스님께서 이렇게 다치셨는데 웃고 있더라구요?"

 아까의 그 나이어린 제자가 분한 듯이 소리쳐 물었다. 그는 이번에도 또 동산 스님에게 점잖게 꾸지람을 들어야 했다.

 "아, 인석아, 그러기에 실성한 아이지. 그럼 거기서 성질이라도 벌컥 내고 있었으면 어쩔 뻔했겠느냐?"

 월산 스님이 민망한 표정으로 끼어들었다.

 "그러기에 젊은 저희들이 데리고 갔어야 옳았습니다요, 스님."

 동산 스님은 인자한 미소를 띠우고는 제자들을 향하여 타이르듯이 말하였다.

 "그거야 자네들 이치로는 그게 맞는 소리지. 하지만 그건 도리에 어긋나는 일 아닌가. 내 비록 다리에 멍이 들긴 했어도 사람 도리를 하고 왔으니 마음이 덜 괴롭네."

 "하오나 스님……."

 "이치만 따지는 것은 마른 지식이요, 도리를 아는 것이 지혜로운 사람임을 그대들은 명심해야 할 것이야."

 제자들은 스님이 이처럼 몸소 행하고 들려주는 감로법문에 마음자리가 맑디맑아지는 것을 느끼며 나날이 선근을 키워나가는 것이었다.

 이런 일이 있은 지 두 달 후, 그러니까 음력 삼월 보름을 앞두고 범어사에서는 보살계를 설하기 위한 준비가 한창이었다.

 청풍당의 수좌들에게나 범어사를 찾는 신도들에게나 고처사 얘기를 칭찬삼아 해주곤 하였던 동산 스님은 이 즈음에 제자를 시켜 그를 불러들였다.

 "이번에 대웅전 계단에서 보살계를 설하게 되었네. 그건 알고 계시겠지?"

 "예, 알고 있사옵니다, 스님."

 "그러면 고처사도 이번에 보살계를 받아야지?"

 동산 스님은 넌즈시 고처사에게 보살계 받기를 권유하는 것이었는데 어쩐 일인지 그는 아무 대답도 하지 않는 것이었다.

 "어째 대답이 없으신고? 보살계 받을 생각이 없으신가?"

 "……."

 동산 스님이 재차 물어도 고처사는 묵묵부답이었다.

 "이 사람아, 보살계는 옛부터 국왕도 대신도 다 받는 법이야."

 동산 스님이 서운한 생각을 누르고 한마디 더 했을 때에야 고처사가 입을 열었다.

 "하오면, 국왕이나 대신은 별다른 사람이라는 말씀이시옵니까, 스님?"

 "으음? 국왕이나 대신이 별다른 사람이냐구? 이 사람아, 난 국왕이나 대신이 별다른 사람이라고는 말하지 않았네."
"말씀드리기 죄송하오나 아직은……."
청풍당에 찾아온 며칠 후 선방에 들어가는 것을 허락하고 그동안 고처사를 죽 지켜보아왔던 동산 스님은 그때껏 그에게 계를 내려주지 못한 것을 내심 섭섭하게 여기고 있었다.
그러던 중 마침 보살계를 설할 기회가 닿았던 것인데 정작 당사자인 고처사는 그다지 탐탁해하는 것 같지가 않은 것이다.
"그래, 받고 싶지 않으시면 받지 마시게."
동산 스님은 정중히 계 받기를 사양하는 고처사에게 더 이상은 그것을 강요하지 않았다.
마음 같아서야 보살계가 아니라 사미계를 내려 당장에 고처사를 삭발출가시키고 싶은 동산 스님이었으나 서두르지도, 강요하지도 않으며 그날이 오기를 느긋하게 기다리기로 한 것이었다.
그만큼 당시의 고처사는 온전히 마음을 비우고 새로운 삶을 살아갈 만한 준비가 되어 있지 않음을 그 누구보다도 고처사 자신이 잘 알고 있던 터였다. 그보다는 뭐라 말할 수 없는 팽팽한 야심이 고처사 자신을 사로잡고 있었던 것이다.

12
호랑이보다 더 무서운 청풍당 까치소리

　인생이란 대체 무엇이며, 나의 참된 주인은 대체 무엇인가? 사나이 대장부는 과연 어떻게, 무엇을 위해 살아야 제대로 사는 것인가?
　인생에 대한 야심과 의문으로 가득 차 있던 고처사는 동산 스님으로부터 보살계 받기를 권유받았지만, 끝내 사양하고 말았다.
　하지만 그렇듯 원대한 인생관을 가진 고처사도 범어사에 머물러 있는 동안 동산 스님의 한결같은 수행생활을 통해 삶의 참된 의미를 하나둘씩 깨닫기 시작했다.
　동산 스님의 하루 일과는 삼라만상이 깊은 잠에 빠져 있을 꼭두새벽부터 시작된다. 동산 스님의 방문이 열리는 시간은 어김없는 새벽 2시 45분이었다.

동산 스님은 세수를 마치고 나면 맨 처음 부엌 문 밖에 서서 부엌을 향해 합장 예불하고, 곧이어 청풍당에 들어 예불을 올린다. 그 다음에는 관음전, 용화전, 비로전 탑전에 올린 뒤 명부전, 나한전, 팔상전, 독성각, 산신각에까지 빠짐없이 예불을 올린다. 그리고는 대웅전 큰 법당에 들어와 새벽 예불을 드리는 대중들을 일일이 점검한 연후에야 간절히 새벽 예불을 드리는 것이었다.

새벽 4시에 예불이 끝난 뒤에는 청풍당 선방에 앉아 여러 대중들과 똑같이 죽으로 아침식사를 하는데, 이때 스님은 여러 대중들에게 이렇게 말씀하시곤 했다.

"아침에 드는 죽은 산삼보다 좋은 것이니 여러 대중들은 늘 감사히 여기고 맛있게 먹어야 할 것이야."

"하오면 스님, 아침에 먹는 죽은 산삼보다도 더 좋은 보약이란 말씀이시옵니까?"

제자들이 이렇게 되물을라치면 동산 스님은 언제나 부처님의 예화를 들어 자상하게 설명해주곤 했다.

"암, 보약이구 말구. 옛날 부처님께서도 당신의 아들 라홀라가 일곱 살에 출가해서 자꾸 울어대자 아침에 죽을 먹여 우는 버릇을 고치셨느니라."

여러 대중들이 보기에 스님께서 죽 드시는 모습은 그냥 보기만 해도 저절로 입 안에 군침이 돌 정도였다.

동산 스님은 아침죽을 맛있게 드신 후에는 꼭 조실로 돌아와 양치질을 하고 빗자루를 들고 보제루 앞에서부터 도량 청소를 시작하는 것이었다.

비가 억수로 쏟아지는 날이 아닌 한 단 하루도 빼놓지 않고 아침마다 도량 청소를 하니, 어느 대중 하나도 감히 이 도량 청소에 빠질 수 없었다.

동산 스님은 사소한 비질 하나하나에도 신심이 들어가야 한다고 말씀하시곤 했다.

"도량이 청정해야 삼보가 강림하는 법. 마당 하나 쓸 적에도 신심이 있어야 하는 게야."

"하오면 스님, 이렇게 비질을 하는 데도 신심이 들어가야 한다, 그런 말씀이시옵니까?"

"무슨 일을 하든지 신심이 들어가 있지 아니하면 금방 표가 나는 법이다."

마침 동산 스님과 함께 도량 청소를 하던 월산 스님이 조심스럽게 여쭈었다.

"이렇게 비질을 하는데 신심이 들어가 있는지 안 들어가 있는지 그걸 어떻게 구별한다고 그러시옵니까?"

이때 동산 스님이 제자가 비질하는 모양을 힐끗 바라보았다. 사실 동산 스님이 비질한 자리는 깨끗했으나, 제자가 비질한 자리는 동산 스님의 그것과는 달리 깨끗하지가 못했다. 그것도 신심이 들어가 있지 않아서였을까!

"저, 저, 저것 보라니까. 그렇게 신심이 없이 대충대충 쓸어대니까 자네가 쓸고 간 자리는 검불 투성이 아닌가?"

제자는 자기가 쓸고간 자리를 문득 뒤돌아보곤 머리를 긁적거렸다.

"어, 거참 이상한 일이네. 깨끗이 잘 쓴다고 쓸었는데……."

제자가 고개를 갸우뚱거리자 동산 스님이 그 이유를 설명해주었다.

"매사에 신심이 들어가 있지 아니하면 그런 법이야. 마음의 때를 닦아내겠다고 참선수행을 하는 사람들이 도량 청소를 그렇게 얼렁뚱땅 해치워서야 어디 되겠는가? 눈앞에 검불도 제대로 보지 못하고, 눈앞에 널려 있는 쓰레기도 제대로 볼 줄 모르는 사람이 감히 어떻게 보이지도 않는 마음을 닦겠다고 참선을 한단 말인가?"

그 제자는 동산 스님의 호된 꾸중에 더 이상 대꾸하지도 못하고 심히 부끄러워할 뿐이었다. 이렇듯 사소한 일 하나에도 신심이 부족한 터에, 그 힘든 참선 수행을 과연 어떻게 해나갈 수 있단 말인가? 동산 스님의 말씀이 한마디도 어긋난 게 없음을 함께 비질을 하고 있던 제자들은 인정하지 않을 수 없었다.

"잘못되었습니다, 스님. 참회하옵니다."

 "참선을 하건, 청소를 하건, 밥을 짓건, 빨래를 하건, 매사에 신심이 들어가 있어야 해. 신심은 모든 도의 근원이요, 공덕의 어머니인 게야."
 "예, 스님, 명심해서 받들어 간직하겠습니다."
 오전 8시, 일주문까지 도량 청소를 마치면 동산 스님은 손을 씻은 다음 곧바로 청풍당 선방으로 가서 수좌들과 함께 참선수행에 들어간다.
 이후 오전 10시 반, 방선 시간이 되면 스님은 선방을 나와 각 불단에 사시마지를 올리고, 일일이 삼배를 올린다. 그리고 11시 반에 다시 선방으로 돌아와 대중들과 함께 점심공양을 든다.
 2시부터 4시까지는 다시 참선하는 시간인데, 오후 5시가 되면 다른 수좌들은 저녁공양을 들지만, 동산 스님은 줄곧 공양을 들지 않는다.
 또 동산 스님은 오후 6시에 반드시 저녁예불에 참례하고, 7시부터는 재차 참선수행에 들어간다.
 하루 일과가 끝나고 동산 스님이 잠자리에 드는 시간은 밤 9시인데, 스님은 잠자리에 들기까지 단 한 가지를 단 한 번도 어기는 일이 없었다.
 이렇듯 언제나 한결같은 동산 스님의 수행자세는 범어사 경내의 여러 대중들은 물론 모든 수행자들에게 귀감이 되기에 충분한 것이었다.

그뿐만이 아니었다.

동산 스님의 덕망이 널리 알려지자 스님 문하에서 한소식 깨치려고 범어사를 찾아오는 수좌들이 하루가 다르게 늘어났다.

동산 스님은 전국 방방곡곡에서 찾아온 모든 수좌들을 누구나 아끼고 사랑했으니, 자연 스님 문하에는 수많은 제자들이 모이게 되었다.

그러던 중 하루는, 선방의 규율을 맡은 입승이 동산 스님을 찾았다.

"조실스님께 감히 한 말씀 여쭈어 올리겠습니다."

"허허, 이거 무슨 거창한 말씀을 하시려고 이러시는고?"

"말씀드리기 죄송하옵니다만, 조실스님께서 오늘 아침 방부를 허락한 그 수좌 말씀이옵니다요……."

입승의 말인즉, 동산 스님이 방부를 허락한 그 수좌가 패각을 했다는 것이었다.

"패각이라구?"

동산 스님은 그 수좌가 패각을 했다는 말에 조용히 반문하였다.

"예, 그렇사옵니다."

입승의 말인즉, 그 수좌는 일전에 다른 선방에서 화합을 깨뜨리고 청규를 제대로 지키지 않아 쫓겨난 일이 있다는 것이었다. 잠시

생각에 잠겨 있던 동산 스님이 이윽고 입을 열었다.
 "그러면 그 수좌가 패각을 해서 방부를 못 받겠다 그런 말씀이던가?"
 "패각한 사실이 드러난 이상 방부받지 않는 것이 도리인 줄 아옵니다, 스님."
 입승은 공손하면서도 단호한 어조로 그 수좌를 선방에 들여보낼 수 없는 이유를 동산 스님께 아뢰었다. 그러나 동산 스님은 입승의 설명을 듣고서 오히려 그를 나무라는 것이었다.
 "그대는 도리를 잘못 알고 있구만그래?"
 "예에?"
 입승이 휘둥그래진 눈으로 동산 스님을 바라보았다.
 "한번 패각 노릇을 한 사람은 두번 세번 패각할 우려가 있다. 이렇게 생각하는 것은 마른 이치이지 참다운 지혜가 아닐세."
 "하오면 스님……."
 동산 스님의 따끔한 훈계가 이어졌다.
 "다른 절에서는 패각이었을지 모르지. 그리구 어제까지는 패각이었을지도 모르고. 허지만 다른 절에서 패각이었으니 이 절에서도 패각 노릇을 할 것이요, 어제까지 패각이었으니 오늘도 또 내일도 패각 노릇을 할 것이다, 그렇게 단정해버리는 일은 옳은 일이 아니야."

"하오면 스님, 괘각한 줄 알면서도 방부를 받으라는 말씀이시옵니까요?"

입승은 괘각한 사실을 안 이상 방부받기가 영 꺼림칙했던지 스님의 말꼬리를 붙잡고 늘어졌다.

동산 스님은 입승의 그런 태도에 전혀 개의치 않고 부드럽게 설명했다.

"공부를 하겠다고 찾아온 사람이고 보면 그만한 생각과 그만한 각오도 있을 터, 괘각 노릇을 하다가 쫓겨난 경험이 있으면 오히려 더욱 더 분발해서 수좌다운 수좌가 될 가망도 있을 것 아니겠는가?"

"하오면 스님……."

입승이 여전히 완고한 자세를 보이자 동산 스님은 짐짓 역정을 내며 언짢은 기색을 내비쳤다.

"허허, 글쎄 공부하러 왔다는데 왜 막으려 드는가?"

동산 스님은 괘각 노릇을 한 적이 있는 수좌에게도 방부를 허락할 정도였으니, 범어사 청풍당에는 전국 각지에서 몰려든 각양각색의 수좌들로 붐비다시피 하였다. 그런데…….

수십 명의 수좌들이 몰려든 범어사 청풍당에는 여전히 하나의 걱정거리가 끊이지 않았다. 그것은 다름아닌 끼니 걱정이었다. 절의 양식이 범어사 대중들 먹기에도 빠듯한 형편인데, 식구 수가 전보

다 늘어났으니 자연 대중공양이 문젯거리가 되지 않을 수 없었다.

때는 아직도 전쟁중인데다 부산 지방에는 피난민들이 몰려들어 백성들의 살림 형편이 매우 어려웠던 터라, 갈수록 시주도 줄어들어서 어느 절이나 양식이 부족해 끼니 걱정이 태산이었다.

더군다나 범어사 청풍당에는 하루가 다르게 각처에서 수좌들이 모여들고 있었으니 청풍당 원주는 그야말로 아침 끓이고 나면 점심 끼니 걱정이요, 점심 끓이고 나면 저녁 끼니 걱정에 애가 탈 지경이었다.

그런데도 동산 스님은 청풍당을 찾아오는 수좌라면 아무 조건 없이 방부를 허락해주는 것이었다. 그러니 청풍당 살림을 맡은 원주스님만 못 견딜 노릇이었다.

하루는 이를 참다 못한 원주스님이 동산 스님을 찾아와 아뢰었다.

"조실스님께 원주가 한 말씀 올리겠습니다."

"말씀해보시게."

원주스님은 왠지 잔뜩 볼멘 얼굴을 하고 있었다. 동산 스님은 그러한 원주의 표정을 이윽한 눈으로 바라보았다.

"공부하러 오는 수좌들을 되돌려보낼 수 없다는 조실스님의 말씀은 옳은 말씀이시옵니다."

원주스님은 불만을 터놓기 전에 우선 덕담 한 자락부터 깔아 놓고 보았다.

"······무슨 소리던고?"

동산 스님의 반문에 원주스님은 다시 한마디를 덧붙였다.

"그리고 부처님 도량에 부처님 제자가 찾아드는 것을 어느 누가 감히 막을 수 있다더냐 하시는 조실스님 말씀도 백번 천번 옳으신 말씀이옵니다."

원주의 불만이 서서히 제 모습을 드러내기 시작했다. 그럼에도 동산 스님은 그제껏 눈 하나 깜짝하지 않고 원주의 말을 그대로 받아주었다.

"그런데 스님! 팔송정 사람들이 저더러 뭐라고 하는지 아십니까요?"

"아니, 그건 또 무슨 소리던가? 팔송정 그 사람들이 무어라고 한다는 말인가?"

"팔송정 대처들은 이렇게 비웃고 있습니다요. 세상에 곰보다 미련한 놈은 청풍당 원주요, 소금보다 짠 것은 청풍당 김치다."

"무엇이라구?"

동산 스님은 내심 깜짝 놀랐다.

원주가 끼니 걱정 때문에 찾아왔으리라는 것은 능히 짐작할 수 있었지만, 그렇듯 팔송정 대처승들이 청풍당을 싸잡아 비아냥거리리라고는 생각지 못했었기 때문이었다.

급기야 원주스님은 울음을 토해내었다. 다른 승려들에게 '미련한 곰'이란 소리까지 들어가며 식구들 끼니 걱정에 근심만 키워와야 했던 저간의 불만과 설움이 일시에 복받쳐오르는 모양이었다.

"그나마 부산에 있는 신도들이 팔송정까지 갖다주는 양식을 허리가 끊어지도록 날마다 짊어져오고 있사옵니다만, 자고 나면 늘어나는 게 청풍당 식구이니 제가 어찌 더 이상 감당할 수 있겠사옵니까, 스님?"

원주스님의 말대로 이 당시 청풍당 살림은 형편이 말이 아니었다.

사찰 운영권을 한 손에 틀어쥐고 있던 왜색 사판승들은 독신 수좌승들이 참선수행하고 있는 청풍당에는 죽도 끓여먹기 힘들 정도의 양식만을 떼어주었다. 때문에 청풍당의 도광 스님과 도천 스님은 부산의 신도 집들을 일일이 찾아다니며 양식을 얻어오지 않으면 안 되었다.

청풍당에서 동래 팔송정까지는 족히 십리 길이나 되는 거리였는데, 당시는 팔송정까지밖에 자동차가 다니지 않았다. 그런 까닭에 이 두 스님은 양식을 등에 짊어지고 매일 걸어다녀야 했으며, 이를 두고 팔송정에 살던 왜색 사판승들이 곰보다 미련한 것이 청풍당 원주라고 비웃었던 것이었다.

원주스님은 눈물이 채 마르지 않은 얼굴로 동산 스님을 한동안 말없이 바라보다가 잠시 후 다시 입을 열었다.
"하오니 스님, 제발 부탁이옵니다. 옛말씀에도 있지 않습니까요. 논밭 살 생각 말구 객식구 줄이라구요. 제발 부탁이옵니다. 예, 스님?"

원주스님의 하소연이 이어지는 동안 동산 스님은 고개만 끄덕일 뿐 잠시 아무 말이 없었다. 이윽고 동산 스님이 무겁게 입을 열었다.

"내 그대들 말할 수 없는 고생을 하고 있는 거 잘 알고 있네."

"아니옵니다, 스님. 저희가 고생하기 싫어서 드리는 말씀이 아니옵니다. 고생을 더 해서라도 청풍당 식구를 걱정없이 먹여 살릴 수만 있다면, 십리 길이 아니라 백리 길이라도 더 걷겠습니다, 스님. 하오나 아무리 고생을 한들 이렇게 자고 나면 식구가 늘어나서야 도저히 감당할 길이 없사옵니다, 스님."

동산 스님은 원주스님의 하소연을 들으며 두 눈을 지그시 감았다. 동산 스님으로서도 청풍당 식솔들을 부양하느라 누구보다도 고생하는 원주스님의 처지를 익히 알고 있던 터였다. 하지만 그런 원주스님에게 별달리 위안거리를 줄 수 없는 게 동산 스님의 입장이기도 하였다.

"잘 알았네. 허나 이게 모두 다 우리들의 업보이니 어찌하겠는가?"

"업보라뇨, 스님?"

"우리나라가 왜놈들 식민지가 되지 않았더라면 불교가 이 지경이 되지는 않았을 테고, 독신 수좌들이 양식이 없어 수행을 못 하는 일은 없었을 텐데 말일세. 우리가 모두 정신을 제대로 차리지 못해서 식민지가 됐고, 왜색 불교가 판을 치고 있고, 게다가 나라는 또 남북으로 갈라져서 전쟁까지 일어났고, 이게 우리 모두가 지은 업보가 아니고 무엇이겠는가?"

원주스님은 아무 말 없이 동산 스님의 말씀을 가만히 듣고만 있었다.

스님의 탄식을 듣고 보니 더 이상 푸념을 늘어놓기가 송구스러웠다. 원주로선 청풍당의 객식구들이 원망스러웠지만, 그렇다고 해서 또 동산 스님의 깊고 넓은 마음을 탓할 수는 없는 일이었다.

살림 형편이 이토록 어려웠음에도 새로 찾아오는 수행자들은 이렇듯 절박한 청풍당 사정을 제대로 알 턱이 없었다. 동산 스님이 스님 문하에 들어오려는 수좌들을 이것 저것 따질 것 없이 모두 받아들였던 까닭에 앞을 다투어 청풍당으로 몰려들었던 것이다. 만일 수좌승들이 청풍당의 이런 형편을 알았더라면 그들은 어찌하였을까?

수좌승들은 청풍당의 절박한 살림 형편을 알지도 못한 채 동산 스님 문하에 들어와 참선 수행하는 것에만 관심을 기울였다. 그만큼 동산 스님의 도량과 덕망이 모든 수좌승들의 우러름을 샀던 까닭이기도 하였다.

이리하여 청풍당의 식구들은 날이 갈수록 늘어갔고, 반면 청풍당의 양식 사정은 날이 갈수록 심각한 지경이 되었다.

"이런, 또 까치떼가 우짖는 걸 보니 호랑이보다도 더 무서운 새 손님들이 또 오실 모양이네그려……."

하루는 스님의 제자 하나가 까치떼들의 울음소리를 듣고 혼잣말로 푸념을 했다.

새식구가 들어오면 청풍당의 양식이 그만큼 축이 날 게 뻔하니 새손님을 호랑이보다 더 무서운 식객쯤에 비유한 것이었다.

어느 날 원주스님은 더 이상 이 어려운 청풍당 살림을 맡아 할 수 없다는 뜻을 동산 스님의 시자를 통해 전하였다.

시자로부터 이 얘기를 들은 동산 스님은 낮은 음성으로 다시 물었다.

"……그러니까, 원주가 더 이상 청풍당 살림을 못 맡겠다 그러더란 말이지?"

"예, 스님."

"너 가서 원주를 좀 불러오너라."

"예, 스님."

 시자가 스님의 분부를 받고 원주에게로 가려는 순간, 동산 스님은 문득 무슨 생각을 했는지 시자를 다시 불렀다.
 "아, 아니다. 불러올 것 없다."
 "예에?"
 "내 좀 나갔다 와야겠으니 행장을 꾸려다오."
 "어디 가시게요, 스님?"
 스님의 행동을 이상히 여긴 시자가 물었다.
 "부산 시내 한 바퀴 돌고 올 것이야."
 "아, 예. 하오면 제가 모시고 가겠습니다, 스님."
 시자가 따라나설 채비를 하자 동산 스님은 손을 휘휘 내저었다.
 "오늘은 따라나설 것 없느리라."
 "예에?"
 "법회에 가는 것도 아니고 원행(遠行)을 하는 것도 아니니 너는 그냥 절에 있거라."
 "아, 아니옵니다요, 스님. 제가 모시고 다녀오겠습니다."
 "허허 그 녀석, 시키면 시키는 대로나 할 것이지, 웬 말이 이리 많은고?"
 "하오나 조실스님, 스님께서 혼자 나가시오면……."
 시자는 동산 스님이 노구를 이끌고 산길을 오르내릴 것이 걱정되어 굳이 고집을 피웠다.

동산 스님은 일부러 시자를 타박하는 시늉을 하였다.
"이 녀석아, 내가 네 시봉이더냐, 네가 내 시봉이더냐?"
"죄, 죄송하옵니다, 스님."
"시봉을 제대로 들리려면 나를 편케해야 하는 법. 어서 바랑이나 이리 가져오너라."
"아니 스님, 바랑을 매고 내려가시게요?"
동산 스님은 시자가 하도 꼬치꼬치 묻는 통에 또다시 시자를 나무랐다.
"허허, 이 녀석이 오늘 아침에 좁쌀죽을 먹었더냐. 어서 가져오너라!"
"아, 예. 스님, 여기 있사옵니다."
전에 없이 된꾸중을 들은 시자는 그제서야 분부대로 바랑 하나를 가져왔다.
이 날 동산 스님은 범어사를 떠난 지 하루 온종일이 지나 해질녘이 다 되어서야 청풍당으로 돌아왔는데, 등에 진 바랑에는 양식이 가득 들어 있었다. 노스님의 야윈 몸으로는 그냥 들기에도 벅찰 만큼 많은 양이었다.
범어사 경내를 서성이다가 저만치서 다가오는 동산 스님을 발견한 고처사가 펄쩍 뛰며 바랑을 받아들었다.
"아이구, 스님. 이 무거운 걸 어떻게 여기까지 짊어지고 오셨습

니까요, 예?"

 젊은이가 들기에도 힘에 벅찬 바랑 속의 양식을 대신 짊어진 고처사는 고개를 갸웃거렸다.

 "이 양식, 이거 모두 스님께서 탁발해오신 것 아니십니까요?"

 "탁발은 무슨 탁발……. 절까지 기어이 갖다주겠다는 걸 내가 그냥 짊어지고 왔지."

 이렇게만 말할 뿐, 동산 스님은 더 이상 설명이 없었다. 그러나 노스님이 직접 양식을 구해왔다는 사실은 청풍당 제자들에게 큰 충격이 아닐 수 없었다.

 "아니 그래, 조실스님께서 양식을 탁발해오셨다는 게 사실이란 말인가?"

 청풍당의 수좌승들은 너나없이 시자에게 이렇게 물어보곤 하는 것이었다.

 "그, 글쎄요. 조실스님께서는 탁발하신 게 아니라 누가 주기에 그냥 가져오셨다고만 그러시던데요……."

 시자가 동산 스님이 말한 바를 그대로 일러주면 수좌승들은 한결같이 탄식하듯이 내뱉곤 하였다.

 "허허, 이런. 누가 줘서 가져왔으면 그게 바로 탁발이지 다른 게 탁발이던가. 세상에 이거 노스님께서 탁발을 해다가 젊은놈들 먹여 살리는 세상이 되었으니 이거 정말 이래도 되겠는가 이거!"

노스님이 손수 탁발을 해오셨다는 소리에 가장 큰 충격을 받은 이는 원주 스님이었다. 그도 그럴 것이 자기는 청풍당 살림이 어렵다 하여 소임을 못 맡겠다고 떼를 썼는데도 조실스님께서는 그런 원주를 나무라기는커녕 오히려 아무 말 없이 노구를 이끌고 속세로 나가 손수 양식을 탁발해 오지 않았던가.

그리하여 원주스님은 마음속으로 깊이 뉘우친 바가 있어 동산 스님을 찾아뵈었다.

"조실스님께 원주가 참회드리옵니다."

"들어오시게나."

원주의 방문을 받은 노스님은 아무 일도 없었다는 듯이 태연한 음성으로 그를 맞이해주었다.

"참회드리옵니다, 스님. 용서하여 주십시오."

"어서 들어오래두."

동산 스님이 방문을 열어놓았는데도 원주는 한동안 문 밖에 서서 죄송하다는 말씀만 되풀이하고 있었다.

원주스님이 참회의 뜻으로 무릎을 꿇고 앉자 동산 스님은 한동안 아무 말씀도 없었다.

원주스님은 그 짧은 동안의 침묵에 더욱더 송구스런 마음이 들어 고개를 푹 떨구었다. 노스님의 침묵이 원주의 숙여진 머리를 더욱 무겁게 하는 듯하였다.

잠시 후 원주가 가까스로 입을 열었다.
"참으로 잘못되었습니다. 스님, 용서하여 주십시오."
"여보게, 원주."
동산 스님이 나직하고도 부드러운 음성으로 원주를 불렀다.
"예, 스님."
"절 집안의 소임은 결재날 하루 전에 대중공사에서 정해져 방을 붙였거늘, 그렇지 아니했던가?"
"그, 그렇사옵니다, 스님."
원주는 노스님께 송구스럽기도 하거니와 마땅히 대꾸할 말도 없어 말을 더듬거렸다.
동산 스님은 그런 원주에게 다른 것은 제쳐두고서 승려의 맡은 바 소임에 대해서만 따끔히 일러주었다.
"한번 대중공사에서 소임이 정해졌으면 죽든 살든 한철은 책임을 다해야 하는 법. 어찌 중도에 다른 소리를 할 수 있단 말이던고?"
"잘못되었사옵니다, 조실스님."
"그리고, 또 한 가지 명심할 것이 있으니……."
"예, 스님."
"선방에 들어앉아 가부좌 틀고 앉아서 참선만 하는 게 수행이 아닌 게야."

원주는 무릎 꿇고 앉은 자세를 한 치도 흐트러뜨리지 않고 노스님의 말씀에 귀를 기울였다.
"행주좌와 어묵동정, 행동하는 것, 서 있는 것, 앉아 있는 것, 눕는 것, 어느 것 하나 수행 아님이 없으니 제각기 맡은 소임을 충실히 해내는 것, 바로 그것도 수행인 게야."
"예 스님, 명심하겠사옵니다."
말을 마친 동산 스님은 웬 봉투 하나를 꺼내들더니 원주에게 내밀었다. 그것은 동산 스님이 탁발나갔다가 신도들에게서 받은 시주 돈이었다.
하지만 원주는 노스님이 주는 돈봉투를 한사코 받지 않으려 했다.
"아, 아니옵니다, 스님. 조실스님 약이라도 지어 잡수셔야죠."
"약은 무슨 약. 내가 어디 병이라도 들었더란 말인가? 대중들 두부라도 푸짐하게 사 먹이도록 해. 너무 허기가 지면 참선수행도 하기 힘든 법이야."
원주는 이내 눈시울이 붉어졌다. 노스님이 손수 탁발해온 돈을 대중들 반찬값에 쓰라고 주시니, 원주로선 그 거룩한 뜻을 차마 거역할 수가 없었다.
"······예 스님, 분부대로 하겠사옵니다."
돈봉투를 건네받는 원주의 손끝이 파르르 떨리고 있었다.

13
동산 스님, 대통령을 꾸짖다

때는 1952년 초여름.

당시 범어사 원응요와 안심요 두 큰방에는 6·25전쟁 중에 전사한 전몰장병들의 유골이 안치되어 있었는데, 동산 스님은 새벽 참선을 마치고 나면 원응요와 안심요 큰방에 들러 전몰장병들을 위해 반야심경을 독송해주었다.

스님은 그렇게 하기를 단 하루, 단 한번도 거르는 일이 없었다.

이때 동산 스님의 세속 나이는 예순셋이었는데, 하루는 스승의 건강을 염려한 원주스님이 동산 스님에게 조심스럽게 한 말씀 올렸다.

원주스님의 말인즉, 노스님께서 매일같이 원응요, 안심요에 들러 독송을 하는 것이 힘에 부치실 테니 그 일을 다른 수좌승들에게 맡기는 것이 좋지 않겠냐는 제의였다.
　원주스님은 노스님의 건강이 염려되어 충심에서 드린 말씀이었는데, 동산 스님은 오히려 원주스님을 심히 나무라는 것이었다.
　"허허 이 사람 이거, 오늘 아침부터는 내 죽그릇까지 대신 비워줄 셈이던가!"
　"……무슨 말씀이옵니까요, 스님?"
　"이것 보게."
　"예, 스님."
　"사람마다 제각각 해야 할 도리가 있는 법. 내가 해야 할 도리가 따로 있고, 자네가 해야 할 도리가 따로 있거늘 어쩌자고 내가 해야 할 도리를 대신 해주겠다고 그러시는가?"
　"뵙기에 송구스러워서 그렇습니다, 스님……."
　"송구스럽다니?"
　"저희들 생각이 얕아서 전몰장병들을 위한 독경을 게을리했으니 조실스님께서 대신 이렇게 고생을 하시는 게 아닙니까?"
　원주스님은 그간 노스님이 원응요, 안심요에서 독송하는 모습을 보고 깊이 반성하고 있던 터였다. 그러나 동산 스님의 뜻은 단호하기만 하였다.
　"나한테 송구스러워할 것 없네. 저 두 큰방에 안치된 영령들에게 송구스러워하게. 바로 저분들 덕택에 우리가 다 이렇게 편안히 산

속에 살고 있는 게야. 그러니 내가 매일같이 큰방에 들어 독경을 하는 건 내 마땅한 도리인 게야."

스님은 이 말끝에 한마디 덧붙였다.

"기왕에 말이 나왔으니 한 가지 더 명심할 게 있네."

"예, 스님, 말씀하십시오."

"돈을 받고 나서 해주는 독경, 으레히 해야 하니까 마지못해 올리는 독경, 생각은 딴 곳에 가 있고 입으로만 하는 독경, 이런 독경은 십 년 백 년 해봐야 아무 소용 없는 법이야."

"예, 스님."

자기 딴엔 노스님의 건강이 염려되고 송구스런 마음이 들어 조심스레 드린 말씀인데, 오히려 호된 꾸지람을 듣게 되었으니 원주스님으로서는 마음 한편이 섭섭하기도 하였다. 하지만 노스님의 말씀 하나하나가 모두 지당하기 그지없는 말씀이기에 원주스님은 더 이상 대꾸할 말이 떠오르지 않았다. 정녕 노스님의 그러한 말씀은 불가에 몸담은 승려라는 신분이 자칫 빠져들기 쉬운 잘못된 생각에 경각심을 일깨우는 소중한 충고일 터였다.

"독경 한 줄을 올리더라도 지극정성을 담아야 하고 신심을 다 바쳐서 올려야 삼보가 감응하시는 게야."

"예, 스님. 명심하겠사옵니다."

원주스님은 노스님께 다소곳이 머리숙여 합장의 예를 갖추었다.

그 해 유월 초순의 일이었다.
하루는 전에 없이 주지승이 동산 스님에게 불쑥 찾아와 문안 인사를 드렸다.
"조실스님께 문안 인사드리옵니다."
"허허, 이게 대체 무슨 일이시던고, 들어오시게."
동산 스님이 방문을 열어 주지승을 맞이하였다. 방으로 들어선 범어사 주지는 예를 갖추고 노스님 앞에 앉았다.
"그래, 무슨 일로 이 청풍당까지 발걸음을 하셨는고?"
"예, 저…… 조실스님의 허락을 받을 일이 있어서요, 스님."
"나한테 허락을 받을 일이 있다?"
동산 스님은 의아로운 눈으로 주지승을 바라보았다.
사실 동산 스님은 범어사 청풍당에 머물면서 참선과 예불에만 전념할 뿐, 이곳의 주지승과 대면하는 일은 매우 드물었다. 또한 청풍당 식솔들을 탐탁치 않게 여기는 주지승 역시 동산 스님을 따로 찾아뵙거나 하는 일은 매우 드물었다.
더욱이 무한정 식솔들을 받아들인다 하여 동산 스님의 수좌 들이기를 늘 고까운 눈으로 바라보던 주지승 또한 왜색사판승려였던 터이다.
"아니 언제 범어사 대소사에서 이 늙은중 허락을 받고 했던가?"
"그, 그게 아니옵니다, 스님."

　주지승은 왠지 다급한 목소리로 노스님의 뼈 있는 한마디를 돌리려 했다.
　"그럼, 대체 무슨 일이란 말이신가?"
　"예, 저 정부에서 6월6일에 우리 범어사에서 전몰장병 합동위령제를 거행하기로 했답니다요, 스님."
　"무엇이라구! 예서 위령제를 올린다구?"
　동산 스님은 주지승의 예기치 않은 설명에 적이 놀란 음성으로 되물었다.
　"예, 그렇습니다."
　"그러면 거행하면 될 것이지, 무슨 허락이 필요하단 말인가?"
　"조실스님께서 법주가 되시어 위령제를 거행해달라는 정부의 간청인데, 조실스님께서 허락해주실는지······. 그래서 미리 말씀을 올리는 것이옵니다, 스님."
　주지승은 마치 무슨 큰일이라도 일어난 것처럼 잔뜩 흥분해 있는 듯하였다. 그는 절에 일국의 대통령이 오게 되어 있다는 사실만으로도 적잖은 기대를 품고 있던 중이었다. 아마도 그는 대통령이 왔다 간 절이라 하여 신도수가 부쩍 늘어나고 공양미도 듬뿍듬뿍 들어오게 될지도 모른다고 생각했을 것이다.
　그런 연유를 알 리 없는 동산 스님은 사뭇 무심할 따름이었다.
　"아, 그 위령제야 주지가 법주를 맡아 올리면 될 것이지 왜 이 늙은중을 시키려고 그러는가?"

"그, 그게 아니옵니다요, 스님. 이번 위령제에는……."

주지승은 범어사에서 올리게 된 이번 위령제에는 이승만 대통령이 직접 참석하고, 그밖에 정부 삼부 요인은 물론 육해공군 사령관, 그리고 외국에서 온 외교사절들도 모두 참석할 것이니 조실스님께서 법주를 맡아주십사고 그제야 간청조로 말하는 것이었다.

주지승으로부터 장황한 설명을 들은 동산 스님은 잠시 두 눈을 지그시 감고 생각에 잠기었다.

"6월6일이라고 했던가?"

"예, 그 날 오전 10시랍니다요 그럼 허락을 해주시는 거지요, 스님?"

동산 스님은 다시 한참을 말없이 생각에 잠겨 있던 중 이윽고 입을 열었다.

"다른 일도 아니고 전몰장병들을 위한 일이니 맡도록 하겠네."

"아이구 스님, 감사하옵니다."

주지승은 그제서야 한시름 놓았다는 듯이 한숨을 내쉬고는 곧바로 동산 스님께 큰절을 올렸다.

1952년 6월6일

부산에 피난해 있던 우리나라 정부는 이 날 10시 부산 금정산 범

어사에서 전몰장병 합동위령제를 거행한다고 공식발표했다.

행사 시간이 임박해오자 범어사 경내에는 수많은 인파들이 몰려들어 정숙한 분위기 속에서 합동위령제가 시작되기를 기다리고 있었다.

주지승의 말대로 이 나라의 주요 인사들이 10시가 되자 속속 범어사에 도착하였다.

그런데 10시가 넘었을 때까지도 대통령 일행은 도착하지 않는 것이었다.

"위령제는 분명 10시라고 그랬으렸다?"

대통령 일행이 위령제를 거행하기로 한 시간이 넘어서도 나타나지 않자 동산 스님이 시자에게 다시 한번 시간 확인을 했다.

"예 스님, 틀림없이 10시라고 했습니다요."

"지금 시각이 10시 하고도 10분이 더 지났는데, 왜 시작을 아니한단 말이더냐?"

동산 스님이 따지듯이 묻자, 곁에 있던 시자는 남이 들을세라 조그맣게 속삭이듯이 그 연유를 설명해 올렸다.

"대통령이 도착해야 위령제를 시작하지요, 스님."

대통령이 당도해야 위령제를 시작한다는 시자의 설명을 듣고 동산 스님은 하도 어이가 없어 짧은 실소 끝에 혼잣말로 탄식하였다.

"허허, 이런 참. 위령제는 돌아가신 영령을 위해 지내올리는 제

사거늘 산 사람들이 시각을 어기면 어쩌자는 겐고, 이거!"

"아이구 스님, 잠시만 계십시요. 금방 오시겠죠, 뭐."

시자는 조금 전보다 더 조심스럽고 작은 목소리로 스님을 달래기나 하듯 말했다.

그런데 대통령 일행은 10분, 20분……40분이 지나도록 도착을 하지 않았다. 너무 늦게까지 도착을 하지 않아서인지 참석자들은 혹시 대통령이 무슨 사고라도 당한 게 아닌가 하고 수군거리기까지 했다.

참다 못한 동산 스님은 그만 심기가 불편해져서 역정을 내었다.

"그만 내려가야겠다."

"아이구 스님, 내려가신다니요?"

"제사 지낼 사람들이 나타나지 아니하는데 언제까지 여기서 기다린단 말이냐. 그만 내려가자꾸나."

동산 스님이 청풍당 쪽으로 발길을 돌리려 하자 시자가 스님의 옷자락을 붙잡으며 통사정을 하였다.

"아이구 스님, 그래도 그렇지요. 조금만 조금만 더 기다리시지요, 스님."

"일없다. 나는 내려가야겠다."

"아이구 스님, 스님."

시자가 동산 스님을 붙잡지 못해 안달을 하고 있는데, 이번에는

그 모습을 본 주지승이 화들짝 놀라 시자에게 달려왔다.
"아이구 여보게, 조실스님께서 어딜 가시는가?"
주지가 다급하게 묻자 시자는 난처한 표정을 지었다.
"산 사람들이 시각도 제대로 지키지 않는다고 역정을 내시며 청풍당 조실로 가시는 겁니다요."
이 말을 들은 주지는 발끈했다.
"아, 이 사람아, 그래두 그렇지. 저렇게 그냥 가시게 하면 어떻게 해! 다른 사람이 늦는 것두 아니고 대통령께서 늦으시는데. 그걸 못 참으시다니, 원!"
"주지스님도 잘 아시잖아요? 우리 조실스님 성미 한번 나시면 불칼 아닙니까요?"
"아이구, 그래두 그렇지. 이제 금방 대통령께서 도착하시면 곧바로 위령제를 거행해야 할 텐데."
주지는 애간장이 타서 발을 동동 구를 정도였다. 그러면서도 주지는 혹시 대통령이 도착하지는 않나 해서 범어사 경내 입구를 조마조마한 시선으로 응시하곤 했다.
그런데 그때였다.
멀리서 경쾌한 클랙슨 소리가 들려왔다. 대통령 일행을 태운 승용차들이 줄지어 범어사 경내로 들어오는 것이었다.
"아이구, 저것 봐. 대통령이 오신다. 어서 가서 조실스님을 모셔와야지!"

주지스님은 청풍당 쪽을 목이 빠져라 넘겨다보며 시자를 다그쳤다.

"예에, 금방 가서 모셔올게요."

시자는 노스님이 휑하니 사라진 청풍당 쪽으로 쏜살같이 달려갔다.

헐레벌떡 청풍당 조실 앞으로 뛰어들어간 시자는 숨넘어가는 소리로 동산 스님을 불렀다.

"스님, 스님, 조실스님. 빨리 나오십시오. 대통령께서 도착하셨습니다요."

잠시 후 방문이 열리더니 스님이 시자의 경망스러움을 탓하는 음성으로 물었다.

"아, 인석아, 지금이 11시가 넘었는데 누가 왔단 말이더냐?"

"아이구 스님, 대통령께서 오셨으니 빨리 가셔야 합니다요, 스님."

시자는 애간장이 타서 스님의 방 문고리를 부여잡고 통사정을 하건만, 동산 스님은 오히려 시자를 나무라는 것이었다. 그 모습이 마치 낮잠을 자다 이제 막 일어난 노인의 모습처럼 무심하고 태연하기까지 했다.

"고연 녀석 같으니라구. 한 시간이나 늦은 사람도 있는데, 뭘 빨

리 가자고 설쳐, 인석아."

 이윽고 동산 스님은 불편한 심기를 억누르며 천천히 계단을 올라 법당 안으로 들어섰다. 때마침 이승만 대통령이 동산 스님의 눈에 띄었다. 그때 이승만 대통령은 중절모를 쓴 채 유엔군사령관과 외국인 외교사절들에게 법단 위의 부처님을 손가락으로 가리키며 뭔가를 설명하고 있는 중이었다.

 이 모습을 본 동산 스님은 느닷없이 버럭 소리를 질렀다.

 "허허, 이것 보시오! 일국의 대통령이라는 분이 감히 어디서 부처님께 손가락질을 하고 있단 말씀이오?"

 "아이구, 이거 내가 실수를 했소이다. 이 외국인 손님들한테 부처님을 소개해주느라고 그만 실수를 했습니다."

 대통령의 변명이 끝나자마자 동산 스님은 한마디 덧붙였다.

 "법당 안에 들어오셨으면, 누구나 모자는 벗어야 합니다."

 "아, 아이구, 이거 내가 또 큰 실수를 했소이다. 용서하십시오."

 동산 스님이 더 이상 대꾸를 아니한 채 목탁 소리에 맞춰 부처님께 삼배를 올리자 이승만 대통령도 얼른 모자를 벗어 방석 주위에 올려놓고 큰절을 세 번 올렸다.

 그러자 법당 안에 있던 모든 외국인들도 대통령이 하는 대로 큰절을 올렸다. 이렇게 해서 이 날의 위령제는 동산 스님의 집전으로 엄숙하게 거행되었다.

위령제가 끝나자 엄숙했던 분위기가 다소 풀려 법당 안은 사람들의 웅성거리는 소리로 가득했다.
"자, 이제 다 끝났으니 밖으로들 나가시지요."
"아이구, 이거 대사님 노고가 많으셨습니다."
이승만 대통령이 한 손에 중절모를 든 채 동산 스님에게 다가와 인사를 했다.
동산 스님도 그때에는 정중히 예를 갖춰 대통령의 인사에 답하였다.
"노고는 무슨 노고겠습니까. 대통령께서 애쓰셨지요."
"아이구, 아닙니다. 아까는 제가 참으로 실수를 했습니다. 그, 그리구 말씀입니다, 대사님."
"예, 말씀하시지요."
"사실 저는 지금 기독교를 믿습니다만, 제 어머니께서는 불교를 좋아하셨습니다. 그래서 저 역시도 부처님을 아주 존경합니다."

전몰장병 합동위령제를 마치고 이승만 대통령 일행은 범어사를 떠나갔다.
대통령이 떠난 후 범어사 주지가 동산 스님을 찾아왔다.
"아이구, 스님. 아무리 그렇다고 그래 일국의 대통령께 그렇게 호통을 치시면 어쩌십니까?"

주지스님은 아직도 가슴이 조마조마한 듯 동산 스님을 원망하는 투로 말하였다. 기실 주지스님은 그날 동산 스님이 대통령을 호되게 나무라는 바람에 혹 무슨 일이 생기진 않을까 해서 몹시 애를 태웠던 것이다. 주지승 뿐만 아니라 제자들도 가슴이 조마조마하긴 매한가지였다.

주지승의 말이 끝나자 이번에는 시자도 한마디 거들었다.

"스님이 그러시는 걸 보구 정말 아찔했습니다요. 별을 몇 개씩이나 단 사령관들도 설설 기는 대통령 아닙니까요?"

"에이끼 녀석! 대통령이 제 아무리 높은 사람이라고 한들 부처님보다 더 높은 줄 아느냐?"

시자가 하도 호들갑을 떠는 바람에 동산 스님이 다소 언성을 높였다.

"허지만 조실스님……."

주지승이 여전히 불안한 표정을 지우지 못한 채 재차 스님을 불렀다.

"정말 괜찮을까요, 스님? 그렇게 호통을 치셨으니 경찰서에서 오라가라 그러지 않을지 걱정이 돼서요, 스님……."

동산 스님은 별 쓸데 없는 소리를 듣는다 싶어 이번엔 주지승마저 나무랐다.

"이런 못난 사람 같으니라구! 이 사람아, 잡혀갈 때 잡혀가더라

두 내가 잡혀갈 것이니, 자넨 어서 내려가 절살림이나 제대로 해!"

한편 임시수도의 집무실로 돌아온 이승만 대통령은 동산 스님과의 첫만남을 잊지 못하고 있었다. 명색이 대통령인 자신을 호통치던 그 노스님의 위풍당당한 모습이 자꾸만 머릿속으로 떠오르는 것이었다.

대통령은 이윽고 비서관을 자신의 집무실로 불러들였다. 대통령은 동산 스님이란 분이 과연 어떤 인물인지 자세히 알아내서 보고할 사람을 찾는 중이었다.

"각하! 하온데 그 동산 스님에 대해서 제가 말씀드리면 안 되겠습니까?"

잠자코 대통령의 지시를 듣고 있던 비서관이 불현듯 대통령에게 이렇게 물었다. 그러자 대통령이 비서관에게 되물었다.

"아니, 그러면 자네가 그 동산 스님을 잘 안단 말이던가?"

"예, 각하! 사실은 그 동산 스님은 제 고종사촌 형님이 되십니다, 각하!"

"고종사촌 형님이 된다?"

대통령의 얼굴에 놀라움의 기색이 역력하였다.

얼마 후, 대통령은 비서관의 귀띔을 통해 동산 스님이 독립선언서에 서명 날인한 민족대표 33인 가운데 한 사람인 백용성 스님의

제자라는 사실과 현재 내무장관인 백성욱 박사와 친구 사이라는 사실도 알게 되었다. 백성욱 내무장관은 예전에 불가에 몸담았던 승려 출신의 인물로서 동산 스님과는 막역한 친구지간이기도 하였다.

이승만 대통령은 그 즉시 백성욱 내무장관을 불러오도록 했다.

"부르셨습니까, 대통령 각하?"

잠시 후 백성욱 내무장관이 대통령 집무실로 들어왔다.

이승만 대통령은 매우 심각한 얼굴이 되어 백성욱 장관에게 말하였다.

"이 이승만이 앞에서, 이 이승만이에게 직접 호통을 친 사람이 꼭 두 사람 있었어요."

"아 예, 각하!"

"한 사람은 백범 김구 선생이요, 또 한 사람은 범어사에 있는 동산 스님이요."

"도, 동산 스님이라니요, 각하!"

동산 스님이란 말에 백성욱 장관은 놀라움과 호기심 어린 눈빛으로 대통령을 바라보았다.

"백 장관은 그 동산 스님과 친구 사이라고 그러던데?"

"예, 그야 그렇습니다만……."

백성욱 장관이 말꼬리를 흐리자, 이승만 대통령은 백 장관에게 동산 스님이 대체 어떤 인물인지 자세히 말해달라고 하였다.

"한마디로 말씀드리자면······."
"한마디로 말을 한다면?"
"동산 스님은 금강산에서 저와 함께 공부한 적도 있었습니다만, 그 스님은 이미 도를 통한 도인스님이십니다."
"······도, 도, 도를 통한 도인스님?"
백 장관의 말을 들은 이승만 대통령은 적이 놀란 음성으로 되물었다.
대통령인 자기를 호통친 그 스님을 일컬어 내무장관이 도인스님이라고까지 하니 더욱 호기심이 일었다. 대통령의 뇌리에선 그 도인스님의 위풍당당한 모습이 좀체로 지워지질 않는 것이었다.

14
대통령이고 소통령이고 직접 오라고 해

범어사에서 합동위령제를 지낸 지 열흘쯤 지난 후의 일이었다.
범어사 입구 어산교 앞으로 검정색 지프차 한 대가 멈춰섰다.
지프차 문이 열리더니 한 사람이 차에서 내렸다. 그는 깨끗하게 삭발한 머리에 부처님처럼 환하게 생긴 얼굴의 육십대 초반쯤 되어 보이는 풍채 좋은 남자였다. 그가 바로 다름아닌 백성욱 장관이었다.
백성욱 장관은 차에서 내리자마자 곧바로 종무소에 들러 동산 스님 계신 곳을 묻고는 청풍당으로 올라갔다.
"으음, 여기가 청풍당이로구만. 지나가던 객 문안드립니다."
때마침 청풍당 앞에서 비질을 하고 있던 시자승이 백성욱 장관을 맞이하였다.

"어서 오십시오, 누구를 찾으시는지요?"
"조실스님을 만나뵈러 왔네만, 지금 계시던가?"
"예, 계시긴 계시옵니다만, 누구시라고 여쭤올릴까요?"
"백성욱이가 문안 인사드리러 왔다고 전해주시게."
"백성욱 박사님이시라구요? 아이구, 이거 몰라뵈어서 죄송하옵니다. 잠깐만 기다려주십시오."

청풍당을 찾아온 손님이 백성욱 내무장관이란 사실을 그제서야 안 시자는 백 장관에게 꾸벅 인사를 올리고는 동산 스님 방으로 달려갔다.

잠시 후 방문이 벌컥 열리면서 동산 스님이 나타났다. 동산 스님은 백성욱 장관을 보자마자 무척 반가워했다.

"아니, 이거 백성욱 장관 아니신가? 어서 들어오시게."

동산 스님의 모습을 본 순간, 백성욱 장관은 그 옛날 금강산에서 동산 스님과 함께 공부했던 시절을 회상하였다.

비록 먼 과거의 기억이지만, 그 기억 속의 동산 스님 모습이 지금까지도 변함없이 남아 있는 듯하였다.

"도인스님은 그 얼굴 여전히 훤하시구먼 그래? 응, 하하하."

동산 스님과 장관은 옛날 금강산에서 함께 공부했던 시절을 떠올리며 덕담을 나누었다.

"도인은 내가 무슨 도인인가. 자네야말로 금강산 도인이지, 허허

허."

"나야 이미 세속의 때가 묻은 몸. 동산처럼 이렇게 깨끗할 수야 있겠는가, 이 사람아!"

"허, 무슨 겸손의 말씀을!"

옛친구와 잠시 덕담을 나눈 후, 동산 스님은 백 장관에게 청풍당을 찾아온 연유를 물었다.

백 장관은 그 말에 대답하는 대신 불쑥 너스레를 떨었다.

"이 사람 동산, 큰일났어!"

"큰일이라니?"

"아, 어쩌자고 대통령 각하를 그토록 망신시켰단 말인가그래?"

"대통령을 망신시켰다니?"

동산 스님이 의아로운 표정으로 되물었다.

"아, 그 수많은 사람들 앞에서 부처님께 손가락질했다고 대통령 각하를 호통쳤다면서?"

백 장관의 얘길 들은 동산 스님은 대수롭지 않다는 표정으로 싱겁게 웃어넘겼다.

"난 또 무슨 소리라구. 아니 그래 그까짓 일로 내무장관 백성욱이가 범어사 청풍당까지 왔단 말이신가?"

백 장관은 동산 스님을 떠보려는 심산에서 짐짓 엄포를 놓았다.

"동산이라는 승려를 국가원수 모독죄로 냉큼 잡아들이랍시네."

"하하하, 그러고 보니 그 이승만 대통령은 입이 둘이시던가?"

동산 스님은 백 장관의 짓궂은 으름장에 실소를 터뜨리며 꼬집었다.

"그건 또 무슨 소리신가?"

"아, 그날 그 자리에서는 외국 손님들한테 부처님을 소개하느라고 실수를 했으니 용서해달라고 사과를 해놓고, 이제 와서 이 동산을 잡아넣으랬다니 입이 둘이 아니냔 말일세."

"에이끼 이런!"

"그래, 그 이승만 대통령이라는 분이 정말 그렇게 좁쌀이시던가?"

"아, 아냐, 이 사람아! 이승만 대통령은 그런 분이 아니야!"

"이 동산이를 냉큼 잡아넣으랬다며?"

"아, 아냐, 이 사람아. 그건 내가 그냥 해본 소리네. 그러나 저러나 이거 정말 야단났네."

"뭐가 야단이라는 게야?"

백 장관은 그제서야 자기가 이곳에 온 진짜 이유를 설명해주었다.

이승만 대통령이 동산 스님에게 홀딱 반해버려 동산 스님을 꼭 한번 다시 만나보고 싶다는 뜻을 전하더라는 것이다. 그러면서 백 장관은 자신이 동산 스님을 대통령 집무실까지 데려오라는 명을 받

고 그 길로 부랴부랴 범어사에 왔다는 얘기를 덧붙였다.
 "자자, 우리 이러고 있을 때가 아니네. 어서 옷 갈아입고 나와 함께 나가세."
 "에이끼, 이런! 나 같은 산중을 대통령이 불러다가 뭐하자는 거야?"
 동산 스님은 두 팔을 내저으며 백 장관의 청을 극구사절하는 것이었다. 백 장관은 그럴수록 더욱 사정하다시피 동산 스님의 팔을 잡아 끌었다.
 "이렇게 나라가 어지러울 때 동산 스님 같은 도인이 나라일을 좀 맡아줘야 한다는 말씀이셨어!"
 백 장관의 간청을 듣던 중 동산 스님은 혀를 끌끌 찼다.
 "허허, 이 사람 이거, 벼슬 한번 하더니 제정신이 아니로구먼그래, 응?"
 "허허, 글쎄 대통령 각하께서 모셔오란다니까그래."
 농담인 줄로만 알았던 백 장관의 말이 진담임을 알게 된 동산 스님은 심기가 몹시 불편해졌다. 이윽고 동산 스님은 백 장관을 짐짓 외면하며 언짢은 내색을 할 수밖에 없었다.
 "대통령이구 소통령이구, 나 그런 소리 듣고 싶지 않으니 어서 냉큼 돌아가시게!"
 동산 스님이 딱잘라 거절하자 백 장관은 몹시 난처한 표정이 되어 애원하다시피 하였다.
 "그럼 동산이 직접 가서 그렇게 말씀드리게. 대통령 각하께 직접 말일세."
 "듣기 싫네, 이 사람아! 난 그런 데 갈 생각도 없으니 정 나한테 볼일이 있거든 대통령이고 소통령이고 직접 오라고 그러시게."
 동산 스님은 옛친구의 간곡한 부탁임에도 불구하고 끝내 대통령을 찾아가지 않았다.
 그러나 훗날 범어사에서 동산 스님과 이승만 대통령이 우연찮은 기회로 다시 만나게 될 줄이야 누가 알았겠는가.
 더군다나 그 만남이 이 나라 불교정화운동에 크나큰 도움이 될 줄은 더 더욱 그 누구도 짐작하지 못한 일이었다.
 그러니 기독교 신자인 이승만 대통령과 동산 스님의 만남은 실로 범상치 않은 인연이라 하지 않을 수 없었다.

15
닭이 천 마리면 봉 한 마리는 나오는 법

한편, 온 세계를 한 손에 쥐고 흔들어도 시원치 않을 만큼 팽팽한 야심에 차 있던 고처사는 범어사 청풍당 금어선원에 머물면서 동산 스님이 몸소 행동으로 보여주는 수많은 가르침과 접하게 되었다.

그것은 고처사로 하여금 차츰 부처님 법에 눈을 떠가게 하는 살아 있는 가르침이었다.

하루는 동산 스님이 고처사를 불러 그동안 공부해온 것들을 하나하나 일러보도록 하였다.

"그동안 그대는 선방에 앉아서 좌선을 해왔는데, 대체 무엇을 좌선이라 하던고?"

고처사의 대답이 이어졌다.

"……예, 법문 가운데 막힘이 없고 걸림이 없어서 밖으로 일체 선악의 경계에 생각이 일어나지 않는 것을 좌(坐)라 하며, 안으로 자성이 움직이지 아니함을 보는 것을 선(禪)이라 한다 하셨습니다."

"음……. 그러면 그대는 조금 전 저녁 예불 때 계향, 정향, 혜향, 해탈향, 해탈지견향을 외우셨겠다?"

"예."

동산 스님은 먼저 계향이 무엇인지를 물어보았다.

"예, 자기 마음 가운데 잘못이 없고 악이 없으며 욕심과 성내는 마음이 없으며 말세의 재해가 없는 것을 계향(戒香)이라 하옵니다."

고처사의 한치 한푼도 어긋남이 없는 대답이었다. 다음은 정향이란 무엇인지를 말하는 순서였다.

"모든 선하고 악한 경계의 모습들을 보고도 자기 마음이 어지럽지 않음을 정향(定香)이라 하옵니다."

"허허, 그러면 세 번째로 혜향은 대체 무엇이던고?"

"예, 자기의 마음에 걸림이 없어서 항상 지혜로써 자기 성품을 비추어보고, 모든 악을 짓지 아니하며, 비록 모든 선을 닦지만 마음에 집착하지 아니하며, 어른을 공경하고, 아랫사람을 아끼며, 외롭고 가난한 사람을 불쌍히 여기는 것을 혜향(慧香)이라 하옵니

다."

　동산 스님이 흡족한 미소를 짓는 가운데 이번엔 해탈향을 논할 차례였다.

　"마음속에 얽히고설키는 인연 일어남이 없어서 선도 생각지 아니하고, 악도 생각지 아니하며, 자제하여 걸림이 없는 것을 해탈향(解脫香)이라 하옵니다."

　"허허허허! 그러면 해탈지견향은 무엇이라 이르던고?"

　마치 누에고치에서 명주실 뽑아져나오듯이 시원스럽게 술술 풀어져나오는 고처사의 대답이 이어졌다.

　"예, 자기 마음에 이미 선악의 일어남은 없으나, 공에 빠져 고요함만 지키지 않고, 널리 배우고 많이 들어서 본마음을 알며, 모든 부처의 진리를 통달해서 마음의 광명을 조화하고, 객관을 대하는 데 있어 나도 없고 남도 없어서 바로 깨달음의 참성품이 바뀌지 않는 데 이르는 것을 해탈지견향(解脫知見香)이라 하였사옵니다."

　동산 스님의 웃음소리가 점점 길고 커졌다.

　"하하하하, 하하하하! 허면 계향, 정향, 혜향, 해탈향, 해탈지견향은 대체 어디서 찾으라 하셨던고?"

　"예, 이 향들은 각각 안으로 향기가 옷에 배어들듯이 마음 안에서 찾을 것이요, 결코 밖에서 찾지 말라 하셨습니다."

　고처사가 스님의 물음들을 한 치의 어긋남도 없이 모두 대답해올리니 스승으로서 동산 스님의 기쁨은 이루 말할 수가 없었다.

동산 스님은 그 웃음소리가 조실 바깥에까지 새어나갈 만큼 한바탕 기분 좋게 웃고 난 연후에 고처사의 경학이 뛰어남을 치하해주었다.

"하하하하! 그대는 이번에도 밥값을 톡톡히 하셨네그려, 응? 하하하."

이처럼 동산 스님은 수행정진에 열중하고 있는 제자들과 선문답을 나누는 것을 매우 즐기곤 하였다.

절간에서는 큰 돌을 파서 물이 고여 흘러넘치게 해두고 있는데 바로 이것을 수각이라 부른다.

깊고 높은 산속에서 흘러내리는 물은 홈이 파인 통나무나 대나무 쪽을 타고 쉬임없이 흘러 수각에 이르러서는 철철 넘쳐 흐르는 것이다.

이 수각가에서는 아직 사미계를 받지 아니한 행자들이 종종 채소를 씻곤 하였는데, 동산 스님은 방선시간에 뜰을 거닐다가 이 행자들에게도 말을 건네곤 하였다.

"이 물은 대체 어디서 오는 물이던고?"

하루는 채소를 씻고 있던 한 행자를 향하여 동산 스님이 물었다.

"그야, 바로 저기 저 산에서 내려온 물입니다요."

동산 스님이 다시 물었다.

"허면, 이 물이 저 산에 있기 전에는 대체 어디에 있었던고?"

"그거야 저 산속에서 흘러내린 것이니까 땅속에 있었겠습지요."

함께 있던 다른 행자가 불쑥 끼어들며 대답하였다. 그 정도 질문이라면 얼마든지 대답할 수 있다는 듯한 태도로 그 행자는 무척 의기양양하게 굴었다.

동산 스님은 두 사람의 행자를 번갈아 바라보며 다시 물었다.

"땅속에 있었다?"

"예, 조실스님."

"그럼 땅속에 있기 전에는 어디에 있었겠느냐?"

두 행자는 이에 선뜻 대답을 못한 채 서로 눈치만 살피고 있는 것이었다.

"……그건 잘 모르겠습니다, 조실스님."

동산 스님이 두 번째로 거듭 물었을 때에야 그 행자들은 자신들의 무지함을 실토할 수밖에 없게 되었다.

그러자 동산 스님은 지엄한 어조로 그 행자들에게 숙제를 내놓는 것이었으니, 물이 땅속에 있기 전에는 대체 어디에 있었는지를 알아내기 전에는 결코 머리를 깎아주지 않을 것이라는 분부였다.

제자들에게는 어버이처럼 자애로운 스승인 동시에 이처럼 가르침에 있어서만큼은 엄격한 동산 스님이었으니, 각처에서 방부를 청하러 오는 수좌들의 발길 또한 여전하였다.
 그러다 보니 동산 스님이 이 무렵에 받아준 상좌만 해도 삼십 명이 훨씬 넘게 되었다.
 좀더 과장되이 얘기한다면, 자고 나면 중 만들고 수좌 만드는 분이 동산 스님이었으니 오나가나 원주스님만 속이 타는 노릇이었다.
 매번 새로운 객승을 수좌로 받아들이는 동산 스님의 처사가 원망스럽기만 했던 원주스님의 걱정 또한 나날이 깊어갈 뿐이었다.
 그날도 청풍당으로 찾아든 웬 객승을 동산 스님이 선방으로 들여보낸 뒤였다. 이제 한 사람 분의 공양거리를 더 만들어내야 하는 원주스님이 땅이 꺼져라 한숨을 내쉬고 있는데 이를 눈치챈 동산 스님이 말하였다.
 "이 사람, 원주. 저기 저 하늘을 보시게!"
 "어디 말씀이십니까요, 스님?"
 원주스님은 걱정 때문에 속이 타서 조금은 볼멘 음성이 되어 있었다.
 "허허 이 사람, 저기 저 하늘을 보라니까 처마끝은 왜 쳐다보고 그래?"
 "예? 저 하늘에 뭐가 있습니까요, 스님?"
 원주스님이 아무리 열심히 쳐다보아도 하늘엔 아무것도 없었다. 새 한 마리 날아다니지 않는 하늘엔 뭉게구름만 잔뜩 끼어 있을 뿐

이었다.

동산 스님이 손으로 하늘을 가리키며 물었다.

"저기 저렇게 떠 있는 구름 가운데 대체 어느 구름에서 비가 내릴지 자네 아시겠는가?"

"……?"

원주스님은 꿀먹은 벙어리가 되어 멍하니 하늘만 올려다보았다. 매양 똑같은 것 같지마는 찌푸렸다, 맑았다 변화무쌍한 저 하늘의 조화속을 감히 인간이 어찌 짐작이나 할 수 있겠는가.

동산 스님이 아무 대답도 하지 못하는 원주스님에게 타이르듯이 말하였다.

"저 많은 구름 가운데 어느 구름에서 비가 내릴지 모르는 법이요, 닭이 천 마리면 봉 한 마리는 나오는 법, 저 수좌들 가운데서 반드시 큰 법그릇이 나올 것이니 두고 보게나!"

"하오나 스님……."

"그래, 뭣인고?"

원주스님이 용기를 내어 한마디 하였다.

"닭 천 마리를 다 먹여 살리려다가는요, 봉이 열 마리 있어도 다 죽이게 될까봐 그게 걱정입니다요, 스님."

"쓸데없는 소리! 오는 사람 막지 말고 가는 사람 붙잡지 않는 것, 이것이 곧 불가의 법도야. 그리고 또 지극정성으로 기도하고 수행하는 중이 굶어죽고 얼어죽었다는 소린 못 들었네."
 동산 스님에게서 일장훈시를 듣고 난 원주스님은 더는 아무런 대꾸도 아니하고 다시 하늘을 올려다보았다. 그가 보기엔 모든 구름이 비가 되어 내릴 것도 같았고, 그 반대인 것도 같았다.

 그러던 어느 날 밤이었다.
 고적한 산사에 소쩍새 우는 소리만이 간간이 들려오는 그런 밤이었다.
 수각에 물 흐르는 소리, 잎새끼리 서로 바람에 흔들려 부딪치는 소리, 사방이 고요한 가운데 정적을 더욱 정적답게 만드는 작은 소리들만이 경내에 가득 차 있는 시각이었다.
 고처사, 그러니까 훗날의 광덕 스님이 동산 스님이 기거하는 문 밖에 서서 공손히 뵙기를 청하였다.
 "고처사라고 하셨는가?"
 안에서 동산 스님의 음성이 들려왔다.
 "예, 스님. 드릴 말씀이 있사옵니다."
 "들어오시게."
 이윽고 방 안으로 들어선 고처사는 예를 갖추고 단정히 스님 앞에 앉았다.
 "그래, 무슨 말씀이시던고?"

"예, 스님. 조실스님께서는 어찌 저에게 다시는 계 받으라는 말씀을 하지 않으시는지요?"

동산 스님은 고처사의 갑작스런 물음에 조용히 웃음을 머금은 표정으로 반문하였다.

"허허 이 사람, 내가 계를 받으라고 했을 적에 그대가 한마디로 거절하지 않으셨던가?"

"그땐 그랬습니다, 스님."

"허면, 이제는 마음을 달리 먹게 되었다 그런 말씀이신가?"

다음 순간, 고처사는 단 한마디로 자신의 뜻을 아뢰는 것이었다.

"스님, 출가하겠습니다!"

"무엇이라구, 출가를 하겠다?"

"예, 스님."

보살계 받는 것조차 거절하였던 고처사가 아니었던가. 헌데 그런 그가 이제 와서는 아예 출가를 하겠다고 나선 것이었다.

"하하하! 고처사 그대가 출가를 하겠다구, 응? 하하하!"

동산 스님은 마치 하루 아침에 귀한 자식이라도 하나 얻은 것 마냥 고처사의 출가득도를 반겨주었다.

허나 이 어찌 하루 아침에 이루어진 일이었겠는가. 동산 스님도 고처사도 몇 년 동안을 끈기있게 수행정진하며 맺어진 스승과 제자 사이였던 것이다.

고처사는 그동안 청풍당에 머물면서 병완이라는 속가의 이름을 버리고 스스로 광민(光民)이라는 호를 지어 쓰던 중이었다.

동산 스님은 고처사, 즉 고병완에게 계를 내리고 출가득도의 길로 이끌어줌과 동시에 손수 법호를 지어주기도 하였다.

"그대는 이제 빛광(光) 자, 큰덕(德) 자, 광덕이라 하게나! 빛광 자 큰덕 자 광덕, 아시겠는가?"

"예, 스님. 감사하옵니다."

사내 대장부답게 살아가기 위하여 한 석 달 선방구경이나 하고 돌아가려 했던 청년 고병완.

그가 택한 길은 단지 사내 대장부로서 뿐만 아니라 진리 안에서 영생을 사는 수행자의 삶으로 바뀌게 되었다. 그 또한 동산 스님이 천 마리의 닭 가운데서 발견한 한 마리의 빼어난 봉이었다.

16
〈전국 비구승들에게 보내는 격문〉 사건

　동산 스님은 한국불교의 장래를 위해서는 인재양성이 가장 시급하다고 여기어 수많은 제자들을 길러내었다. 쓸만한 인재라고 여겨지는 사람이면 서슴지 않고 출가를 권유하기까지 한 동산 스님이었으니, 당시 경주고등학교 교사였던 이영근 처사가 범어사로 동산 스님을 만나러 왔을 때에도 그러하였다.
　이처사는 일찍이 동경유학까지 갔다 온 인물이었으며 경학에도 조예가 깊어 이미 중학 2학년 때부터 법화경에 심취했던 바가 있었다.
　동산 스님은 바로 이 이처사를 한국 불교의 장래를 위해 필요한 인재라고 판단하였던 것이다.
　"이것 보시게, 이처사!"
　"예, 스님."

"학교에서 아이들을 가르치는 것도 좋은 일이지만, 내 생각으로는 이처사가 기왕이면 더 크고 좋은 일을 했으면 하는데……?"
 마침 겨울방학이 되어 예불차 범어사에 들렀던 이처사는 동산 스님의 진지한 권유에 귀가 솔깃해졌다.
 사내 대장부로 태어나서 아이들을 가르치는 일보다 더 크고 좋은 일이 있다 하니 자연 관심이 쏠릴 수밖에 없는 얘기였다.
 "더 크고 좋은 일이라니요, 스님?"
 동산 스님의 말씀이 이어졌다.
 "아이들에게 지식만을 전달하는 것은 참된 스승이 아니니, 지식만 가지고는 이 세상을 구할 수 없는 법."
 "하오면 스님……."
 이처사는 동산 스님이 말하는 더 크고 좋은 일이란 것이 무엇인지 못내 궁금한 눈치였다.
 "출가득도하여 세상을 구하고 중생을 구하는 게 어떠시겠는가?"
 너무도 뜻밖인 동산 스님의 제안에 이처사는 선뜻 할말이 떠오르질 않았다.
 불교에 심취해 있기는 했으나 그것은 어디까지나 신도로서의 입장이었지, 그 자신이 수행자가 되리라고는 전혀 생각해본 바가 없었던 터이다.
 "이처사는 보면 볼수록 영낙없는 중상이니 이 인연따라 출가수

행하면 한 몫 단단히 하게 될 게야."

동산 스님의 간곡한 권유에도 불구하고 역시 이처사는 얼른 대답을 하지 못하였다. 동산 스님으로부터 보살계를 받은 것은 5년 전, 그러나 출가를 생각한 일은 없었고 잠시 참배나 하고 가기 위해 범어사에 왔던 길이었는데 스님에게서 느닷없이 출가를 권유받았으니, 놀라는 것도 당연한 일이었다.

"이처사!"

동산 스님이 새삼 이처사를 부르는 어조에는 깊은 뜻이 담겨 있는 듯하였다.

"예, 스님."

"다달이 받는 월급에 미련이 남아 있으신가?"

이처사가 고개를 저었다.

"아, 아니옵니다, 스님."

스님이 다시 물었다.

"그러면 교사라는 감투와 명예에 미련이 남아 있으신가?"

이번엔 이처사가 더욱 세차게 고개를 가로저으며 스님의 넘겨짚는 바를 부인하였다.

"…… 그, 그건 아니옵니다, 스님."

동산 스님의 물음이 다시 이어졌다.

"그러면 술과 여자, 세속의 쾌락에 미련이 있으신가?"

더욱 완강히 부정의 뜻을 나타내는 이처사.
"아, 아니옵니다, 스님. 절대로 그런 건."
"그렇다면 대체 무엇을 망설인단 말이던고?"
"……."
이처사는 굳어진 듯 입을 다물고 조실 방바닥만 뚫어져라 응시할 뿐이었다. 동산 스님은 더 이상 싫다는 사람에게 억지로 강권하고 싶지는 않았다. 이리하여 이처사를 출가시킬 마음을 버린 동산 스님이 마지막으로 한마디 하였다.
"……알겠네. 그렇게 좋은 세속이라면 어서 그만 돌아가시게."
그러나 다음 순간, 이처사의 입에서 떨어진 말은 과연 스님의 기대를 저버리지 않는 것이었다.
"아, 아니옵니다, 스님."
"아니라니?"
이윽고 이처사는 마음의 결정을 마치고 결연한 어조로 대답하였다.
"저…… 출가하겠습니다, 스님."
잠시 절에 참배하러 왔던 길에 동산 스님의 권유를 받아 그길로 출가를 결심하게 된 이처사, 즉 이영근 교사는 그날 범어사에서 사직서를 작성하여 학교로 우송하고 그대로 머물게 되었다.
그가 바로 동산 스님의 제자 가운데 한 사람인 훗날의 이능가 스

님이다.

  이후로도 동산 스님은 연이어 새로 찾아오는 제자를 받아들이고 수좌들을 무한정 방부 받았으니 말 그대로 차별없는 가르침을 펼친 셈이었다.

  또 이런 일도 있었다.
  1952년 음력 9월 초에 백양사에서 왔다는 수좌 둘이 동산 스님 문하에서 한철 수행하기를 청하였다.
  "그래, 너희 스님은 누구시던고?"
  백양사에서 온 수좌 두 명이 예를 올린 연후에 동산 스님이 물었다.
  "예, 석자, 호자입니다."
  수좌 둘이서 머리를 조아리며 공손히 스님의 물음에 답하였다.
  "오, 그러면 만암 스님 문하인 석호란 말이지?"
  동산 스님은 더 물을 것도 없이 그 수좌들의 방부를 허락해주었다.
  만암 스님으로 말할 것 같으면 동산 스님과는 전부터 교분이 있는 데다가 그 스님 문하에 들었던 제자라면 수행자됨을 보증받은 것이나 다름없었다.
  헌데 참 이상한 일이었다.

범어사에서 머리도 깎지 아니한 백양사 수좌 지홍과 지죽 두 사람 가운데서 동산 스님은 지홍 수좌에게 시봉을 맡기고 싶어했던 것이다.

범어사 수좌들도 허다하건만 유독 백양사에서 온 수좌를 시켜 동산 스님의 시봉을 맡기라는 분부에 당시 원주인 도광 스님은 의아한 생각이 들었다.

"예에? 아니 스님, 백양사 중에게 시봉을 맡기라구요?"

"지홍이 그 아이가 백양사에 있을 적에 만암 스님 시봉을 들었다는구먼. 거 쓸데없이 백양사 중, 범어사 중 편가르지 말고 시봉을 맡기게."

"예, 스님. 분부대로 하겠습니다."

스님이 지홍 수좌를 크게 마음에 두고 있다는 것을 눈치챈 도광 스님은 순순히 그 분부를 시행에 옮기었다.

이처럼 동산 스님은 다른 사찰에서 출가득도한 승려조차 차별하지 아니하고 시봉의 소임을 맡기었으니, 이때 백양사 출신으로 스님의 법제자가 되어 시봉을 들게 된 지홍 수좌가 바로 오늘날의 대강백 송백운 스님이다.

지홍 수좌가 동산 스님의 시봉을 들기 시작한 지 얼마 되지 않은 1952년 겨울의 일이었다.

"지홍이 게 있느냐?"

"예, 스님."

"그래, 너 청풍당에 올라가서 해룡 수좌를 불러오너라."

해룡 수좌는 오늘의 월운 스님, 경기도 양주 봉선사 주지를 맡고 있는 바로 그 월운 스님인데, 당시 법명이 해룡이요, 필체가 좋기로 널리 알려진 수좌였다.

지홍 수좌가 해룡 수좌를 불러왔을 때에 동산 스님은 웬 종이 한 장을 펴서 그에게 건네주는 것이었다.

"자, 이걸 좀 보게."

"아니, 스님……이것은……?"

해룡 수좌의 눈이 휘둥그래졌다. 펼쳐보니 글씨가 빽빽하니 적혀져 있었는데 그 내용이란 것이 다름아닌 비구승들에게 보내는 격문이었던 것이다.

동산 스님이 해룡 수좌의 당혹스러운 심경을 꿰뚫어본 듯이 그 내용을 설명해주었다.

"그래, 내가 전국 비구승들에게 보내는 격문을 썼네. 나라가 해방된 지 몇 년이 지났건만, 우리 불교는 아직도 왜색사판승의 질곡에서 벗어나지 못하고 있으니 전국의 청정비구들이 더욱 더 단합하고 분발하여 1천6백 년 지켜온 우리 불교의 청정계맥을 바로 세우고 흐트러진 승풍을 바로 잡아야 한다는 것이야."

"예, 스님."

"자넨 필치가 좋으니 이것을 등사판에 잘 옮겨 등사해서 비구들에게 보내도록 하게."

"예, 스님…… 분부대로 하겠습니다."

진작에 젊은 수좌들이 했어야 할 일을 노스님이 몸소 나서주었으니 해룡 수좌에게 다른 의견이 있을 수 없었다.

문제는 해룡 수좌가 그 격문을 옮겨적는 과정에서 정의감이 발동한 것에서 시작되었다.

해룡 수좌는 〈비구승에게 보내는 격문〉에 동산 스님이 쓰지 아니한 한 귀절을 임의로 첨가했던 것인데 그 내용이 왜색사판승들에게 알려지자 범어사에서는 큰 소동이 일어나게 되었던 것이다.

"청풍당 비구들은 잘 들어라! 내일 당장 청풍당 선방을 폐쇄할 것이니, 청풍당 식구들은 한 사람도 남김없이 모두 다 선방을 비우고 범어사를 떠나야 할 것이다!"

대처승들이 우르르 몰려와 청풍당 마룻장을 몽둥이로 쿵쿵 쳐대며 악을 써대는 것이었는데 서슬 퍼런 기세가 보통이 아니었다.

청풍당 식구들은 그 통에 안색이 새파랗게 질려 바들바들 떨고만 있었다. 신성한 선방에 와서 행패를 부리는 그 무례한 대처승들의 언동을 누구 하나 제지할 엄두를 내지 못하고 있을 때였다.

"허허! 여기가 감히 어딘 줄 알고 이렇게 행패란 말이더냐?"

동산 스님이 노기등등한 음성과 함께 대처승들 앞을 가로막고 나섰다.

"아니, 조실스님, 우리가 지금 행패 안 부리게 생겼습니까……예?"

대처승들 무리 가운데 한 사람이 격문을 쥔 팔을 흔들며 동산 스님에게 따지듯이 물었다.

"허허……이런 고약한 녀석들을 보았는가? 대체 무슨 연고로 이리 행패란 말인고?"

앞서 따지고 들었던 그 대처승이 분함을 참지 못하여 식식거리면서 종이를 펼쳐들었다. 격문이 쓰여진 바로 그 종이였다.

"이, 이것 보십시요! 홍! 뭐라구요? 〈사자는 남이 죽이는 것이 아니요, 제 몸에 벌레가 생겨 스스로 죽는 것. 우리 불교는 외적(外敵)에 의해서 망하는 것이 아니라 대처식육자들이 망치고 있다……!〉 이런 소리 이렇게 막 해도 되는 겁니까, 이거?"

들어보니 동산 스님은 쓰지 않았던 내용이었다.

"아니, 대체 그런 소리가 어디 들어 있다는 게냐?"

"아, 이 삐라에 이렇게 써 있지 않습니까? 이 삐라에요! 아무튼 내일까지 모조리 방 비우고 나가시오!"

그 대처승이 식식거리며 들이댄 격문을 얼핏보니 과연 동산 스님이 쓰지도 않은 내용이 들어 있는 것이었다.

그러나 동산 스님은 먼저 그 대처승에게 추상 같은 호령부터 내리었다. 연유야 어찌 되었든 격문의 내용은 과히 틀린 것도 아니었으되 다짜고짜 선방을 비워내라는 대처승들의 안하무인 방자한 태도부터 호되게 꾸짖어야 한다 여겼기 때문이었다.
"네 이놈! 감히 누구더러 방을 비우고 나가라 하는고! 여기 있는 청풍당 수좌들은 단 한 사람도 살아서는 나가지 않을 것이니라!"
그때였다.
"이것들 보시오! 그 격문의 바로 그 귀절은 내가 마음대로 써넣은 것이니 쫓아내려면 나 하나만 쫓아내시오."
해룡 수좌였다.
사람들 사이에선 일대 소란이 일어났다. 살기등등한 대처승들 앞에 떡 나타나서 자신이 문제의 격문을 쓴 장본인이라 말하는 해룡 수좌의 담력 또한 만만치 않은 것이었으나 청풍당 수좌들은 장차 일이 어떻게 되어갈지 불안할 따름이었다.
"무엇이라구? 네놈이 썼단 말이냐?"
아까의 대처승이 눈을 가늘게 뜨고 물었다.
"그렇소! 내가 썼소!"
금방이라도 몽둥이를 들이대며 한바탕 큰 난리를 피울 것만 같은 대처승들 앞에서 해룡 수좌는 눈 하나 깜짝하지 않고 버티는 것이었다.

그때였다.
"허허…… 거 왜 쓸데없이 나서고 이러는고?"
동산 스님이 짐짓 큰 소리로 해룡 수좌를 나무라는 척하였다. 불가의 웃어른인 조실스님이 해룡 수좌 앞에 척 가로막고 서 있으므로 대처승들은 감히 범접할 엄두를 못 내었다.
"좋다! 너 어디 한번 두고 보자! 맛을 톡톡히 보여줄 테니까!"
왜색사판승들은 별수없이 청풍당을 뒤로하고 우르르 몰려나가면서 저마다 입에 담지 못할 욕설들을 퍼부어대고 있었다. 물론 해룡 수좌와 청풍당 식구들에 대한 악담들이었다.
그들이 청풍당을 떠난 뒤, 동산 스님은 허허로운 얼굴을 들어 먼 하늘만 응시하고 있었다.
주인과 객이 뒤바뀐 이 나라 불교계의 현실처럼 하늘은 마냥 찌푸린 모습이었다.
"조실스님, 제가 잘못해서 소동이 일어났으니 차라리 저를 내쫓아주십시오."
해룡 수좌가 비통한 음성으로 울먹였다. 그러나 동산 스님의 입가에는 부드러운 미소가 번져나오는 것이었다.
"남을 원망하고, 남을 탓하고, 남을 욕하는 것은 출가수행자가 할일이 아니네. 내가 잘하고, 내가 바르게 할 생각을 해야지."
"잘못되었습니다, 스님."

"허지만 할 소리 하고, 바른 소리 했으니 그만 됐느니라······."
 동산 스님은 제자의 경솔함을 탓하는 한편으로 은근히 그의 정의감을 칭찬해주는 것으로 해룡 수좌의 침통한 심경을 토닥거려주는 것이었다.

 그러나 한바탕 청풍당을 뒤흔들어 놓았던 격문소동은 그것으로 끝난 것이 아니었다.
 해룡 수좌에게 앙심을 품은 왜색사판승들이 그를 병역기피자로 몰아 경찰에 밀고를 해버렸던 것이다.
 신고를 받은 경찰은 이를 즉각 헌병대에 연락, 해룡 수좌는 갑자기 들이닥친 헌병들에게 끌려가고야 말았다.
 해룡 수좌가 병역기피자라고 하는 것은 종무소 측 사판승들에 의해 날조된 모략이었다. 그는 엄연히 신체검사에서 불합격 판정을 받아 입영 대상에서 제외된 병역면제자였던 것이다.
 "이거 안 되겠구나. 거기 내 옷좀 다오. 내가 시킨 일을 하다가 저 지경이 되었으니 내가 꺼내와야지."
 동산 스님은 지홍 수좌와 함께 부랴부랴 동래 지구 헌병대로 달려갔다. 그러나 해룡 수좌는 헌병대에도, 경찰서에도 없다는 것이었다.
 "해룡이를 붙잡아간 게 틀림없이 헌병 복장이더냐?"

"예, 틀림없습니다, 스님."

지홍 수좌가 먼발치에서 본 바에 의하면 분명 헌병대 복장을 한 이들이 해룡 수좌를 붙잡아간 것만은 확실하였다.

"저 스님, 제 친구 중에 이곳 병사구 사령부에서 근무했던 친구가 하나 있는데 거기 한번 알아볼까요?"

지홍 수좌가 문득 생각난 듯이 동산 스님에게 말하였다. 그곳 부산 병사구 사령부에서 근무한 적이 있다는 지홍 수좌의 친구 김지견은 당시 출가를 해서 선암사 행자 생활을 하고 있던 중이었다.

동산 스님은 지푸라기 하나라도 붙잡는 심정이 되어 지홍 수좌를 그곳으로 보내었다.

"그, 그래? 그럼 너 지금 곧바로 가서 한번 알아봐달라 그래라. 자자, 어서 다녀와."

동산 스님은 두 번씩이나 선암사에 사람을 보내 당시 행자로 있던 김지견의 도움을 받아 기어이 해룡 수좌를 석방시켜 범어사로 데려오게 하였다.

그리고 동산 스님은 종무소 측 사판승들이 해룡 수좌에게 또다시 해를 끼칠까 염려한 나머지, 그를 부산 영도에 있는 법화사 고아원으로 보내어 아이들을 가르칠 수 있도록 뒷일까지 배려해주었다.

이처럼 동산 스님은 단 한 명의 제자, 단 한 명의 수좌라도 차별 없이 아끼고 사랑했던 분이기도 하다.

17
한국 불교의 속 알맹이를 찾다

 종무소 측에서는 격문사건 이후 청풍당에 대주기로 되어 있던 이십 명분의 양식마저 끊어버렸다.
 청풍당 식구 오십여 명이 그나마 멀건 죽으로 공양을 때워 수행자 생활을 연명해나가던 형편이었는데 이제는 그마저도 힘겨울 판국이었다.
 수행자들의 고생은 이만저만이 아니었다. 동래 군청으로 찾아간 스님들은 사정사정하여 겨우 며칠치 수수와 국수, 콩깻묵이라도 얻어 올 수 있었으나 그것도 잠시, 겨우 죽지 않을 만큼만 먹고 아꼈음에도 불구하고 양식은 단 며칠도 가지 않아 동이 나버렸다.
 사정이 이렇게 되니 수행정진에 여념이 없어야 할 스님들이 이틀이 멀다하고 저자에 나가 탁발을 해와야만 했다. 그러나 전쟁중에 탁발인들 제대로 될 리 없었다. 청풍당 식구들은 현광 스님, 도광 스님, 광덕 스님, 도천 스님, 성진 스님 등 스님들이 교대로 탁발을 나가 얻어오는 시주로 하루하루를 겨우겨우 연명해 나가는 형편이었다.

콩깻묵에 수수를 섞어 죽을 쑤어 먹고 그나마 떨어지면 행자들이 솥만 씻어놓고 양식 도착하기를 기다려야 했으니 말 그대로 처량한 나날들의 연속이었다.

그러던 중 1953년 1월 10일, 천지에 하얗게 눈이 내려 쌓인 날 아침이었다. 동산 스님은 언제나처럼 허기에 지쳐 시무룩하기 이를 데 없는 수좌들과 함께 경내에 쌓인 눈을 쓸고 있던 참이었다.

"스님, 오늘은 날씨도 춥고 하니 그만 들어가십시오. 저희들이 깨끗이 쓸겠습니다."

광덕 스님이 새파랗게 언 손을 맞부비며 다가와 동산 스님을 만류하려 들었다.

"안 될 소리, 그대들만 마음을 닦고 복을 지을려구? 나도 이 사람아, 내 앞길 내가 닦아야지."

동산 스님은 마치 그 빗자루가 무슨 소중한 보물이라도 되는 듯이 다루며 절마당을 쓸어대고 있었다.

광덕 스님이 짐짓 너스레를 떨었다.

"그동안 그렇게 복을 많이 지으셨는데 그 많은 복 다 어쩌시려구

요, 스님?"

"허허, 원 별 걱정을 다 하시네. 복 많이 지어서 넘치게 받으면 나눠주면 될 것 아니겠는가, 응? 허허허."

매일 허기를 참으면서 비질을 해가는 동안에도 이렇듯 훈훈한 덕담들이 오가니 청풍당 식구들은 배고픔도 인욕바라밀의 하나로 여기어 더욱더 수행정진에 힘쓰게 되는 것이었다.

그런데 바로 그날 아침이었다.

"저, 조실스님, 조실스님!"

동산 스님이 한창 제자들과 함께 비질에 열중하고 있던 차에 원주스님이 종종걸음으로 다가오는 것이었다.

"무슨 일이던가?"

"오늘, 또 오신답니다요, 스님."

"오다니, 누가 온단 말인가?"

"예, 저 이승만 대통령이 오늘 벤프리트 장군과 함께 우리 범어사에 오시겠다고 연락이 왔습니다요."

원주스님도 워낙 경황이 없었던지 말에 두서가 없었다. 듣고 보니 이날, 이승만 대통령이 유엔군 사령관 벤프리트 장군 부부와 함께 개인 자격으로 범어사를 방문하게 되어 있다는 것이었다.

그 얼마 전, 수풍발전소 폭격을 위해 출격했다가 벤프리트 장군의 아들이 전사한 일이 있었다. 이날 이승만 대통령은 벤프리트 장군 부부를 위로해주기 위해 한국의 고찰을 직접 안내하게 되었던 것이다.

대통령과 벤프리트 장군 부부의 범어사 방문길에는 백선엽 참모총장도 함께 수행하였다.

대통령 일행이 범어사 경내를 두루두루 돌아보고 나갈 무렵이었다.

"돌아보시고 나니 감상이 어떠하십니까?"

일전에 불상을 향해 손가락질을 했다 하여 뭇사람들 앞에서 대통령을 면박주었던 동산 스님이 넌즈시 물었다.

"아주 썩 좋습니다. 지난번 봤을 적에는 자세히 구경 못해서 섭섭했었는데, 오늘 이렇게 보니 정말 좋습니다. 눈 쌓인 고찰이라더니 이것이 바로 한국의 정경 아니겠습니까?"

이승만 대통령은 동산 스님을 마치 오래된 벗이라도 대하듯 허물없이 대하였다.

"정경은 옛 그대로입니다만, 속 알맹이는 그렇지 못하니 그것이 걱정입니다."

동산 스님의 솔직한 탄식이었다. 대통령은 동산 스님의 이야기에 깊은 관심을 나타내었다.

"속 알맹이는 그대로가 아니라는 말씀이십니까, 도인스님?"

"그렇습니다."

"무슨 말씀이신지 도인스님께서 자세히 좀 일러주십시오."

"가람도 풍치도 옛 그대로입니다만, 왜정 36년에 한국불교는 병들고 말았습니다."

동산 스님을 일컬어 꼬박꼬박 '도인스님'이라 하였던 이승만 대통령이 흠칫 놀란 어조로 되물었다.

"왜정 36년에 한국불교가 병들었다 하셨습니까?"

"그렇습니다. 독신 수도승은 갈 곳이 없고 왜색승려들이 사찰을 움켜쥐고 있으니, 아직도 한국불교는 왜색이 지배하고 있는 셈이지요."

동산 스님의 어조가 점차 침울해져갔다.

불교에 관한 한 문외한이었던 대통령은 동산 스님의 설명이 이어지는 동안 잠자코 있다가 잠시 후, 궁금한 바를 물어왔다.

"승려가 부인 얻고 자식 낳는 것, 언제부터 그랬습니까?"

"왜정 때부터입니다."

"왜정 때부터요?"

"그렇습니다."

"왜놈들이 왜놈들 식으로 그렇게 시켰더라 그런 말씀이지요?"

"그런 셈이지요."

대통령의 음성과 표정에는 무언가 알 수 없는 노기가 배어 있는 것 같이 보였다.

잠시 후 골똘한 생각에 잠겨 있던 대통령이 동산 스님에게 말하였다.
"잘 알았습니다. 앞으로 좋은 소식 있을 것이니 너무 염려 마십시오."
대통령은 의미를 알 수 없는 말을 남기고는 잠시 후 일행들과 함께 범어사를 떠났다.
며칠 후, 전에 없이 원주스님이 조실 방문 앞으로 달려와 다급하게 말했다.
"조실스님, 조실스님! 원주이옵니다."
"무슨 일인데 그리 허겁지겁이신가?"
원주스님은 숨이 턱에 닿아 있었다. 동산 스님이 방문을 열고 쳐다보았더니 그는 손에 신문 한 장을 들고 선 채 희색이 만면하였다.
"이 신문에 반가운 소식이 실려 있습니다요, 조실스님!"
"반가운 소식이라니? 어서 들어와서 일러보시게."
원주스님이 방안으로 들어왔다.
"이것 보십시오, 스님. 이승만 대통령이 특별유시를 내렸답니다."
"특별유시……?"
동산 스님은 원주스님이 건네준 신문을 펼쳐 들었다.

〈한국 불교는 아직도 왜색으로 물들어 있으니, 한국 불교다운 한국 불교가 되기 위해서는 처자 있는 사람들은 사찰에서 물러가고, 한국 고유의 승풍을 살리기 위해 독신승려들이 사찰을 지키게 해야 할 것이다!〉

동산 스님이 신문을 읽어보니 과연 한국 불교의 정화를 촉구하는 대통령의 특별유시가 발표되어 있었다.

물론 그전에도 불교정화운동은 꾸준히 추진되어 왔으나 대통령의 이 특별유시는 다시 한번 불교정화운동을 촉진, 발전시키는 계기가 되었다.

1954년 6월 24일.

서울 안국동 선학원에서 열린 원로비구회동을 시발점으로 해서 동산, 효봉, 청담, 금오 스님 등이 주축이 되어 펼쳐졌던 불교정화운동은 삽시간에 전국사찰에 요원의 불길처럼 번져나갔다.

그러나 기득권을 지키려 안간힘을 쓰는 왜색사판승들의 대응도 만만치가 않아서 이 불교정화운동은 일대의 우여곡절과 파란을 겪기도 하였다.

한국 불교를 한국 불교답게!

이것은 일제 강점기에서부터 시작된 청정비구들의 가장 큰 서원이자 의무이기도 하였다.

왜색불교의 잔재가 그제껏 사찰운영의 전반적인 흐름이 되어 있었던 바, 정화는 하루 아침에 이루어지지 않았다.
 1954년 10월15일.
 이 나라 종단은 대폭적인 인사개편을 단행하고 하동산 스님을 종정으로 추대하는 한편, 이어 11월5일에는 종로구 견지동에 있는 태고사에 입주, 절 이름을 지금의 조계사로 개칭하였다.
 그 이듬해인 1955년 8월, 불교정화운동이 어느 정도 본궤도에 오르자 동산 스님은 종정자리를 내놓고 다시 범어사로 내려와 청풍당에 머물게 되었다.
 바로 이해, 그러니까 1955년 8월20일, 범어사의 사찰운영권을 종무소 측 사판승들로부터 평화적으로 인수받았으니, 실로 몇십 년 만에 독신 수행자들이 범어사의 주인이 된 것이다.
 바야흐로 청정비구의 계맥이 제자리를 찾게 되었으니 청풍당 수좌들의 감회란 이루 형언할 수 없는 지경이었다.
 "스님, 과연 이게 꿈이옵니까, 생시입니까?"
 종무소 측 사판승들로부터 매 공양 때마다 수모를 당하면서도 끼니 걱정에 여념이 없었던 원주스님이 목메인 소리로 말했다.
 "너무 그렇게들 좋아만 할 일이 아니니 이제부터 그대들의 책임은 열 배, 백 배로 늘었느니라."
 동산 스님이 점잖게 제자들을 타이르니 모든 수좌들이 한 목소리로 대답하였다.

"예, 스님, 명심하겠사옵니다."

"그리고 내 그대들에게 단단히 일러둘 말이 있으니, 명심해서 들어야 할 것이야."

"예, 스님, 분부 내리시지요."

"그동안 어느 누구 한 사람도 사무친 고생 아니한 사람이 없네. 허나, 앞으로 그대들은 종무소 측 사판승이었다고 해서 그들을 미워하거나, 원한을 가져서는 안 될 것이네. 오히려 그들을 위로하고, 보호하고, 부처님 시봉 잘하도록 도와줘야 할 것이야, 다들 알겠는가?"

"예, 스님! 명심하겠사옵니다."

그동안 양식도 대어주지 않으면서 청풍당 수좌들에게 곤욕을 치루게 했던 왜색사판승들, 청풍당에 몽둥이까지 들고 와 설쳐대면서 무례하게 굴었던 그 사판승들마저 용서하고, 오히려 위로해주라 일렀던 동산 스님의 자비심에 모든 수좌들은 엎드려 마음속 깊이깊이 감복할 따름이었다.

18
산꿩은 껄껄 바닷배는 둥둥

 우리나라 불교역사상 아마도 동산 스님 만큼 상좌가 많이 몰려들었던 스님도 드물 것이다.
 동산 스님은 동란이 끝난 이후로도 여전히 출가를 원해 찾아오는 젊은이들이라면 누구랄 것도 없이 흔쾌히 받아들였다.
 그것은 모쪼록 젊은 수행자들을 많이 가르쳐서 장차 이 나라 불교계의 버팀목이 되게 하려는 스님의 높고 큰 뜻에서 비롯된 후학 양성법이었다.
 당시 동산 스님의 상좌로는 범성, 덕명, 지천, 성엽, 재현, 도림, 종복, 성우, 호산, 효산, 수월, 도원, 원경, 원승, 정관, 양국, 일보, 지한, 제운, 덕광, 향운, 선각, 영근, 무근, 도근, 성현, 무진장, 정록, 오북 스님 등 선근재목들이 수두룩하였는데도 스님은 찾아오는 젊은이들을 조금치도 마다하지 아니하는 것이었다.
 하루는 이를 하도 이상히 여긴 한 제자가 스님께 여쭈었다.
 "스님, 그동안 출가시킨 상좌들만 해도 수없이 많사온데 또 상좌를 삼으시렵니까?"
 "이 녀석아, 닭이 천 마리면 봉이 한 마리는 나오는 법, 상좌 많은 것도 허물이라더냐?"
 동산 스님의 대답은 언제나 한결같았다. 제자가 다시 여쭈었다.
 "하오나, 스님. 먹이고 입히고 가르칠 것도 걱정을 하셔야지요."
 "허허, 이 녀석이 아직도 뭘 모르는군그래. 지극정성으로 수행하고 공부하는 중은 먹고 입는 것에 대해 걱정할 것 없어. 호법중들이 다 마련해주시는 게야!"
 동산 스님의 꾸지람을 들은 그 제자는 용기를 내어 한번 더 여쭈어보았다.
 "하오나, 그 많은 상좌, 언제 다 제대로 가르치시게요?"
 "허허! 이 녀석 보게! 수행과 공부는 제 하기 나름이지, 부모가 일일이 공부 내용까지 다 가르친다더냐? 길을 열어주고 공부하는 방법을 일러주고, 공부해야 할 것을 가르쳐주었으면, 공부는 제 스스로 해야 하는 것이야!"
 이렇듯 동산 스님은 나름대로 이 나라 불교 발전에의 크나큰 원력을 세우고, 출가를 희망하는 젊은이들이 찾아오면 누구나 차별없

이 상좌로 받아들였다.

동산 스님은 선래, 혜운, 정업, 정견, 원두, 홍진, 홍원, 홍교, 현욱, 종원, 성광, 지원, 대정, 원명, 계전, 홍교, 보원, 무상, 일출, 성도, 경암, 초연, 성오, 반월, 선용, 호연, 경희, 순법, 경심, 종환, 양익, 명철, 영환, 세웅, 대성, 법윤, 창도, 혜개 스님 등을 연이어 상좌로 받아들여 출가시켰다.

1956년 11월, 네팔에서 열린 세계불교도대회에 동산 스님이 효봉, 청담 스님과 더불어 참가하고 돌아온 그 이듬해인 1957년 음력 정월에 또 한 명의 출가 희망자가 범어사 청풍당을 찾아들었다.

"실례합니다. 실례합니다."

한 스무 살 가량 되었을까. 한 청년이 청풍당 문 밖에서 소리 높여 사람을 찾았다.

"누구를 찾는 건가?"

당시 청풍당 도감 소임을 맡고 있던 여환 스님이 물었다.

"예, 저, 동산 스님을 만나뵈려고 왔는데요."

더벅머리를 아무렇게나 빗어넘긴 그 청년이 생각없이 불쑥 내뱉은 말을 두고 여환 스님이 나무라는 소리가 들려왔다.

"이 사람아! 큰스님 함자를 그렇게 함부로 부르는 게 아니야."

"예. 자, 잘못했습니다요."

청년이 쭈뼛거리며 여환 스님에게 용서를 구하는 소리도 들려왔다.

안에서 이 소리를 다 들은 동산 스님이 바깥으로 나오며 청년에게 물었다.

"그래, 네가 무슨 일로 나를 찾아왔단 말이던고?"

"예, 저 속리산 복천암에서 왔는데요, 여기 이렇게 소개장도 가져왔습니다요."

청년은 품안에서 웬 편지 한 장을 꺼내어 동산 스님에게 공손히 내밀었다.

"으음…… 학산 스님이 이 소개장을 써주더냐?"

"예."

"그래, 중이 되구 싶다고?"

"예. 큰스님 밑에서 공부하여 견성성불하고 중생제도를 하고자 합니다."

그 더벅머리 청년은 청풍당에 닿기 전 미리 할말을 외워온 듯이 말주변이 청산유수와 같았다.

"하하하하! 고녀석, 어디서 그런 소리를 외워왔는고?"

동산 스님은 그 청년의 하는 양이 가상타 여기어 너털웃음을 지었다. 학산 스님의 편지에는 아무것도 모르는 아이니 잘 제도하여 선근으로 써달라 적혀 있었건만, 그 청년은 벌써부터 수좌 흉내부

터 내는 것이었다.

　동산 스님은 그 청년의 때묻지 않은 천진함을 벌써부터 꿰뚫고 있었다.

　청년이 겸연쩍은 표정을 지으며 동산 스님의 물음에 답하였다.

　"예, 저 큰스님께서 왜 왔냐 물으시면 그렇게 대답해 올리라고 학산 스님께서 가르쳐주셨습니다요."

　"하하하 그 녀석, 솔직해서 마음에 들었다. 이 아이 머리를 깎아 줄 것이니 우선 행자실에 데려다줘라!"

　이 청년이 바로 스무 살 난 이승구라는 젊은이였는데, 그는 그해 음력 삼월 보름날 착할 선(善)자, 과일 과(果)자, 선과(善果)라는 법명을 받고 동산 스님의 상좌가 되었다.

　이 선과 상좌가 하루는 동산 스님을 모시고 목욕을 다녀오느라고 십리 길 가까운 산길을 걸어 올라오던 중이었다.

　"얘, 선과야!"

　주장자로 땅을 짚어가며 산길을 앞서 올라가던 동산 스님이 문득 뒤를 돌아다보았다.

　"내 주장자 끝에 붙여놓은 쇠붙이가 어디로 떨어져나가고 없구나."

　"주장자 끝에 박아둔 쇠붙이 말씀입니까?"

　"그래, 너 오던 길 되짚어 내려가서 찾아보거라. 필시 어디 길가에 빠져 있을 것이니라."

숲길을 십 리나 걸어 올라왔는데 그 길을 다시 되짚어 내려가 쇠붙이를 찾아오라는 노스님의 분부였다. 선과 상좌는 그렇지 않아도 아픈 다리를 끌고 다시 내려갈 생각을 하니 까마득하였다.

"숲속 길에 그 조그마한 쇠붙이를 어떻게 찾습니까요? 새걸로 사다가 끼워드릴 테니 그냥 올라가시지요, 스님."

"새걸로 사다가 끼워줄 테니 그냥 올라가자?"

"예, 스님."

멋도 모르고 넙죽 대꾸하던 선과 상좌는 채 말이 끝나기도 전에 노스님의 주장자로 호되게 한 대 얻어맞기부터 하였다.

"아이구, 스님!"

"너 이녀석! 안 되겠다. 냉큼 날 따라 오너라!"

동산 스님은 짐짓 역정을 내며 선과 상좌를 데리고 올라왔던 길을 다시 내려가서 몸소 그 쇠붙이를 찾기 시작하였다.

십 리 길이나 되는 숲길을 오르내리기 세 번만에 스님은 기어이 선과가 엄두도 못내던 그 쇠붙이를 찾아내고야 말았다.

"너 이녀석! 똑똑히 보아라. 이 쇠붙이가 여기 떨어진 게 분명하거늘, 이것도 못 찾는다는 놈이 보이지도 않는 마음을 어떻게 찾겠느냐? 엉?"

그후, 선과 상좌는 동산 스님의 가르침대로 아무리 어려운 일이

라도 우선은 성심성의껏 실행에 옮기려 노력하는 마음자세를 갖게 되었다.

　선과 상좌이외에도 출가를 원하여 청풍당으로 찾아든 젊은이들은 각기 향운, 덕명, 무진장 등의 법명으로 받아들여 출가시킨 동산 스님은 상좌들에게 무엇보다도 올곧은 마음 자세를 잃지 않도록 가르쳐주었다.

　어느날 스님은 선과 상좌를 불러 앉히고는 법문을 들려주었다.

　"기도를 드리건, 염불을 올리건, 참선을 하건, 심부름 한 가지를 하건, 무엇이든 진실한 마음으로 간절히 해야 하는 것, 대충대충 얼렁뚱땅 해치우는 것은 출가수행자가 할 짓이 아니니라."

　"예, 스님."

　"진실해야 하고, 간절해야 하고, 우물에 물을 퍼쓰면 새로 솟아오르듯 신심과 정성이 늘 그렇게 샘 솟듯 해야 하는 것이야!"

　"예, 스님. 명심하겠습니다."

　어린 자식 가르치듯 인자하게, 그러면서도 한 치의 어긋남이라도 있으면 어느 엄친 못지않게 엄격한 스님이었기에 수행자들은 동산 스님 따르기를 친아버지 대하듯이 하는 것이었다.

　한번은 선과 상좌가 동산 스님을 모시고 전라도 강진 만덕산 백련암에 가게 되었다. 동산 스님은 이 만덕산 백련암을 무척이나 좋은 곳으로 여기었다.

멀리서 뱃고동소리가 아슴하게 울려퍼지는 가운데 만덕산의 풍광을 배경으로 이윽히 바다를 내려다보고 있는 백련암은 마치 한 폭의 그림과도 같았다.
"뒤에는 산이요, 앞에는 바다요, 난 세상 떠날 때 여기서 떠났으면 좋겠다마는……."
눈 맑은 귀공자, 젊은 날의 패기만만한 의학도 하봉규에서 그날의 동산 스님이 있기까지 얼마나 무심한 세월이 흐르고 흘렀던 것일까.
이제 세속 나이 칠순을 바라보는 동산 스님의 노안에 무상한 세월이 겹쳐 흐르는 것만 같았다.
선과 상좌는 그렇듯 허허로운 노스님의 표정을 바라보며 문득 처연한 생각이 들었다.
"원, 참 조실스님두…… 왜 하필이면 그런 말씀을 하십니까요?"
"왜, 세상 떠난다는 소리가 마음에 언짢다 그런 말이더냐?"
"……예."
이미 생사의 경계를 초월한 무상의 이치와 더불어 살아온 노스님의 맑디맑은 눈매에 잔잔한 미소가 어리었다.
"그럼, 이번에는 멋들어진 글 한 수 읊어볼까?"
"예, 스님."
동산 스님은 제자의 불편한 심기를 달래주려는 듯 저 아래 물결

치는 바다를 굽어보며 시를 읊어주는 것이었는데, 때마침 산꿩이 울어 예며 장단을 맞춰주기까지 하였다.

    산꿩은 껄껄 날아서 가고 오고
    바닷배는 둥둥
    물 위에서 오르락 내리락
    할일 없는 한가한 도인은
    만경루에 올라 앉아
    대낮에 달을 바라보며 졸고 있구나.

동산 스님 시 한 수에 산꿩의 우짖는 소리마저 노랫가락처럼 들려왔다.

이때가 1958년, 스님의 세속 나이 예순아홉 살 때였다. 스님은 이해 8월13일, 다시 종정으로 추대되어 서울로 올라왔다.

당시 조계사에는 백여 명의 대중들이 모여 있었으나 늘상 양식이 모자라는 지경이었다. 그런데 동산 스님이 조계사에 머물러 있다는 소문에 신도들이 수없이 몰려들어 공양미를 가져오고 시주들을 내놓는 바람에 조계사 살림은 거짓말처럼 여유를 되찾게 되었다.

"그것 참 이상하단 말씀이야. 동산 큰스님이 안 계실 적에는 공양미도 제대로 들어오질 않더니, 동산 큰스님이 다시 오셨다 하니 이렇게 쌀가마가 줄을 서니 이것 참 무슨 조화인지 모르겠다구."
 전부터 조계사에 머물던 승려들은 하나같이 그점을 이상히 여기며 고개를 갸웃거리는 것이었다.
 동산 스님을 모시고 함께 서울로 올라온 제자 지효 스님과 능가 스님은 이 소리를 듣고 기분이 무척 우쭐해졌다.
 "우리 큰스님이 올라오시면 조계사에 왜 공양미가 넘치는지, 그 까닭을 여태 모르고 계시나?"
 능가 스님의 자랑이었다.
 "그러면 거기에 그럴 만한 까닭이라도 있단 말씀이요?"
 조계사에 먼저 와 있던 승려가 매우 궁금한 듯이 능가 스님에게 물었다.
 "암, 있구말구. 동자, 산자, 우리 큰스님은 일 년 열두 달 삼백예순다섯 날 하루도 빠뜨리지 않으시고 지극정성 복을 지으셨으니, 가는 곳마다 복이 넘치시는 것이요, 그 흘러넘치는 복을 여러 대중들에게 나눠주고 계신다 이런 말씀이지!"
 스님을 가까운 곳에서 모셨던 제자들이라면 누구나 이구동성으로 하는 칭송이었다. 능가 스님 말대로 동산 스님의 한결같은 수행 자세는 지극정성, 바로 그것이었다.
 하루도 거르지 않고 범어사 그 많은 법당에 조석으로 차례차례 예불 올리는 모습하며, 지극정성으로 도량 청소하는 모습, 늘 간절

한 발원으로 염불 올리는 스님의 모습은 곁에서 바라보는 수행자들까지도 즐겁고 복되게 하는 것이었다.

그러니 신도들이 많이 모여드는 것 또한 당연한 결과가 아니겠는가.

그해 11월, 동산 스님은 태국 방콕에서 열린 세계불교도대회에 참석하였다. 또한 종정자리에 있는 동안에도 범어사에 머물 적에는 각단예불 도량 청소는 하루도 거르는 일이 없었으니 노스님의 그렇듯 부지런한 수행 태도에 젊은 승려들은 모두들 경탄해 마지않았다.

그동안에도 스님은 당신을 찾아오는 출가 희망자들을 단 한 명도 물리치지 않았으니 삼우, 일미, 보곡, 무각, 성덕, 성련, 성국, 심천, 도원, 석담, 벽녕, 일호, 휴정, 웅달, 광수, 명진, 동근, 혜성, 대각, 선웅, 영안, 우봉, 만호, 상옥, 향록 스님 등을 출가시켜 상좌로 삼았으며, 동산 스님의 상좌는 실로 백여 명에 이르렀다.

아마도 한국불교사상 이토록 많은 상좌를 둔 스님은 아마도 그 유래를 찾아볼 수 없을 것이었다.

19
설법제일 동산 큰스님

  1960년 봄에 동산 스님의 상좌가 된 25세의 청년 조중환, 그러니까 훗날의 정관 스님이 출가할 때의 재미있는 일화이다.
  당시 스님은 맨 처음 그에게 경환이라는 법명을 지어주었다.
  그런데 하루는 경환 상좌가 동산 스님을 찾아와 하소연을 하는 것이었다.
  "저, 조실스님."
  "무슨 일이던고?"
  "스님께서 저에게 법명을 내려주신 후 자신이 없고 겁이 납니다."
  "자신이 없고, 겁이 난다?"
  동산 스님이 경환 수좌의 안색을 자세히 살펴보니 아닌 게 아니라 며칠 새 부쩍 수척해진 것 같기도 하였다.
 "예, 스님. 그래서 감히 한말씀 올리고자 하는데요······."
 동산 스님이 묻기를 허락하였더니 경환 수좌가 마음속에 담아온 바를 여쭈었다.
 "모든 것을 제대로만 보고, 모든 일을 제대로만 관하면 중다운 중 노릇을 할 수 있겠지요, 스님?"
 "그야 그렇지. 모든 것을 제대로 보고, 모든 일을 제대로 바로 관하면 그것이 중다운 중의 첩경이니라."
 동산 스님의 그런 대답이 떨어지길 기다렸다는 듯이 경환 수좌의 표정이 환하게 밝아졌다.
 "하오면 스님, 제 법명을 바를 정(正)자, 볼 관(觀)자, 정관으로 하오면 어떻겠습니까요, 스님?"
 "허허! 고녀석 아주 별놈이로구나?"
 동산 스님은 당신이 지어준 법명을 마다하고 스스로 정한 법명을 쓰게 해달라 청하는 제자를 이윽히 바라보았다.
 "그러니까 바를 정자, 볼 관자를 법명으로 정해놓고 바르게 보겠다, 그런 뜻이더냐?"
 "그렇사옵니다, 스님."
 하는 소행으로 보아서야 맹랑하기 그지없는 노릇이었으나 그것이 제자의 수행에 보탬이 되는 일이라면 동산 스님으로서도 다행스

러운 일일 터였다.

"허허, 고녀석, 참, 제 법명 제가 지어 가지고 와서 허락해달라는 녀석은 내 생전 처음 본다!"

짐짓 꾸중을 내리는 체하긴 해도 동산 스님의 표정은 온화함으로 넘쳐났다.

법명이 오히려 그 자신을 버겁게 만드는 것이라면 동산 스님 편에서라도 그 이름을 바꿔주었을 터이다.

"바를 정자, 볼 관자, 정관이라 정하고 바르게만 볼 각오라면 그도 과히 나쁘지는 않을 것이니라."

"감사하옵니다, 스님. 감사하옵니다."

동산 스님은 이렇듯 다소 무례하기까지 한 제자의 청을 흔쾌히 받아주는 한편, 한마디 다짐을 받아두었다.

"허나 정관이 너는 명심해야 할 것이니, 법명에 걸맞게 모든 것을 바로 보아야 할 것이야!"

그러나 바라던 대로 법명을 바꾸게 된 정관 수좌는 이 법명 때문에 동산 스님에게 잦은 꾸중을 들어야 했다.

수행자세가 흐트러지거나, 동산 스님의 물음에 한 치라도 어긋나는 대답을 했을 때에는 어김없이 스님의 호된 꾸중이 떨어지는 것이었다.

"바를 정자, 볼 관자, 정관을 하겠다고 법명까지 그렇게 정해 놓은 녀석이 그래, 그게 정관을 제대로 한 게냐?"
 "잘못되었습니다, 스님. 용서하여 주십시오……."
 "정관이라는 법명을 지니려면 제대로 보고, 제대로 판단하고, 제대로 행동하고, 제대로 수행을 해야 하는 법! 이름만 정관이라고 해서 정관이 아니니라!"
 정관 수좌는 스님의 호통이 떨어질 적마다 몸둘 바를 모르며 자신의 부족함을 탓하고 더욱 더 진리탐구에 매진하게 되었다.
 마침내 정관 수좌는 스님의 엄한 가르침과 정관이라는 새 법명 덕택에 더더욱 열심히 수행하고, 열심히 공부하고, 열심히 계행을 닦아나갔다.
 이렇듯 수행에 수행을 거듭한 끝에 정관 수좌가 나중에는 동산 스님의 눈에 쏘옥 드는 스님이 되었으니 실로 묘한 인연이라 아니 할 수 없는 일이었다.
 이 정관 수좌가 생식을 해가면서 범어사 원효암에서 관음정진을 계속하던 중 하루는 문득 이렇게 공부하는 것이 과연 옳은 것인가 의심이 일어 동산 스님께 여쭈었다.
 "스님, 저는 관세음보살을 염송하면서 정진을 해왔습니다만, 하두 졸음이 오기에 목탁을 치면서, 관세음보살을 염송하는 가운데 참선을 하고 있사옵니다. 과연 이 공부가 옳은지요, 스님?"
 "허허허! 그것은 참선도 되고, 염불도 되고, 기도도 되고, 졸음

까지 쫓는 것이니 아주 좋은 공부 방법이라 할 것이니라."

동산 스님은 흐뭇한 미소를 지으며 열심히 수행한 제자의 눈빛을 바라보았다.

일체의 삿된 마음이 없이 정진한 수행자 특유의 푸른 기운이 제자의 눈망울에 맺혀 있는 것은 동산 스님만이 볼 수 있는 정관의 경지였다.

정관 수좌가 다시 여쭈었다.

"하오면 스님. 염불하고 목탁치고 관세음보살을 부르는 놈은 과연 누구이옵니까?"

제자의 물음을 귀 기울여 듣던 동산 스님이 무릎을 탁 치며 소리내어 웃었다.

"허허허! 이제야 바로 보는 공부에 들어갔구나, 응? 허허허!"

"바로 보는 공부에 들어갔다구요, 스님?"

정관 수좌는 영문도 모른 채 어리둥절한 표정을 지었다. 스님의 말씀이 이어졌다.

"관세음보살을 부르는 놈, 목탁을 치고 참선을 하고 졸음을 쫓는 놈, 그놈이 어떤 놈인가! 그 의심, 그 당처를 깨달을 때까지 그 공부를 지어가야 할 것이니라, 알겠느냐?"

"예, 스님! 분부대로 열심히 공부해 나가겠습니다."

정관 수좌는 은사스님 앞에 정중히 삼배를 올린 연후에 다시 정진에 들어갔다.

　이 무렵, 살림이 어려운 제주도의 어느 사찰에서 동산 스님을 모시러 왔다. 연유인즉, 그곳에 와서 보살계를 설해주십사 하는 것이었다.
　동산 큰스님을 모시고 있으면 신도들이 자연 많이 모이게 된다는 소문이 퍼져 당시 전국각지의 살림 어려운 사찰에서는 다투어 스님을 모셔가고자 원하였다.
　제주도의 그 사찰도 마찬가지 경우였다.
　동산 큰스님을 모시고 보살계를 설한다 하면 많은 신도들이 모여들 것이고, 그리되면 자연 가난한 사찰은 형편이 좀 펴지게 될 것이라 생각하여 동산 스님을 모셔가길 청했던 것이다.
　노스님의 건강을 염려한 많은 제자들이 한사코 제주행을 만류하려 들었다.
　"스님, 스님께서 어떻게 저 멀고 먼 제주까지 가신다 하옵니까?"
　"아, 인석아, 그보다도 더 먼 네팔, 태국도 다녀왔는데 우리 땅 제주도엘 왜 못간다는 게냐?"
　행장을 꾸리라는 분부를 받고도 어떻게든 이를 만류하려던 한 제자가 간곡히 다시 스님을 설득하였다.
　"아니 되십니다요, 스님. 태국이나 네팔은 비행기로 다녀오셨지

만, 부산에서 제주도는 열다섯 시간 배를 타셔야 하는데 어찌 가신다 하십니까?"

"인석아, 내가 가서 보살계를 해주면 중들이 살고 불교가 살고 중생들이 부처님을 만나게 되는데 내 몸 하나 편하자고 거절하란 말이냐? 나는 갈 것이니 바랑 이리 내놓아라!"

동산 스님은 이렇듯 제자들의 간곡한 만류에도 불구하고 기어이 그 먼 뱃길을 따라 제주도까지 길을 떠나는 것이었다.

그 뿐만 아니라 동산 스님은 노령임에도 불구하고 당신을 부르기만 하면 이후에도 그 멀고 험한 뱃길을 마다 않고 부산에서 제주까지 수차례 왕복하며 보살계를 설해주었다.

제주도 뿐만 아니라 전라남도 목포시의 정혜원, 광주시 포교당, 함양 포교당, 그리고 경기도 수원에 이르기까지 동산 스님은 당신의 몸을 돌보지 않고 보살계를 설해주러 다녔으니 포교사 역할 또한 톡톡히 했던 셈이다.

동산 스님이 멀리 보살계를 설하기 위해 떠날 적에는 지홍, 덕명, 선과, 정관 스님 등이 차례로 시봉을 들기도 하고 모시러 가기도 하였다.

당시의 지홍 수좌, 오늘의 백운 스님은 그때의 일을 이렇게 회상하고 있다.

"당시만 해도 절 살림이 가난해서 스님들이 굶다시피 했어요. 헌데 우리 노스님을 모셔다 보살계를 설한다 하면 신도들이 어찌나 많이들 몰려오는지. 우리 노스님께서 보살계만 한번 설해주시면 그 때에는 삼 년 먹을 양식이 들어오는 것이었어요. 우리 노스님은 그만큼 복이 많으셨고 그 많은 복을 이 절, 저 절 골고루 나눠주고 다니신 셈이지요."

워낙에 동산 스님이 귀공자처럼 훤하게 잘생긴 데다가 늘 자비로운 미소가 얼굴 가득히 넘쳐흐르고 있었으니 당시 사람들은 스님이 나타났다 하면 모두들 살아 있는 부처님이 오셨다며 합장배례를 하였다.

이 당시 불교계에는 정진제일 이효봉, 설법제일 하동산, 인욕제일 이청담, 지혜제일 정전강이라는 말이 널리 퍼질 만큼 동산 스님의 설법은 유명하였다.

"오늘 여러 대중들이 받는 보살계는 천성을 세우는 땅이 되고, 만 가지 설법을 내는 터가 될 것이니, 이 모두가 보살계로부터 나오며 우리의 마음 가운데 뜨거운 번뇌를 털기 위하여 시원한 감로문을 열어주는 것이 바로 이 보살계니라."

주장자를 위엄있게 쿵쿵 내리치며 계를 설하는 스님의 법문을 경청하고자 모여든 수많은 뭇중생들은 보살계가 시작되는 그 순간부터 찬물을 끼얹은 듯 조용해졌다.

"……또한 여러 대중들을 부처님 전 정각의 길로 들어가게 하는

것이 바로 이 보살계이니, 여러 대중들은 이제 곧 큰 보배를 얻게 될 것이오……. 여러 대중들은 저마다 지니고 있는 천진면목을 제대로 찾아 부처가 되는 길로 나아가야 할 것이야. 그러면 부처는 무엇이고, 중생은 무엇이냐? 부처가 곧 중생이요, 중생이 곧 부처이니, 천진면목을 잃으면 중생이라. 오늘 보살계를 받는 여러 대중들은 저마다 지니고 있는 천진면목을 제대로 찾아 부처의 길로 나아가야, 오늘 보살계를 받는 보람이 있을 것이야!"

중생이 부처로 나아가는 길, 중생의 어리석은 마음이 부처의 자비심으로 바뀌어 마침내 삼독을 무너뜨리는 해탈의 경지에 이르는 법을 가르쳐주는 동산 스님의 설법에 많은 중생들이 병든 마음에서 헤어날 수 있었다.

설법제일 하동산 큰스님.

스님은 마침내 중생의 마음까지 고쳐주는 큰의사로서의 실천을 하게 된 것이었다. 또한 명실공히 한국불교계의 최고 지도자인 종정을 두 번이나 역임하였던 동산 스님이었으나 어느 누구에게도 당신의 권위를 내세우는 일이 없었다.

시골 할머니나 부녀자들에게조차 자비의 손을 내밀어 잡아주고 등을 어루만져주며 부처님의 가르침을 전하였으니, 스님 가는 곳마다 신도들이 구름처럼 몰려드는 것 또한 당연한 일이었다.

반면에 스님은 제자들을 가르치는 데 있어서 어긋남이 있을 때엔 그야말로 추상 같은 스승이었다.

　하루는 동산 스님 눈에 한 제자가 택시를 타고 범어사로 들어오는 모습이 눈에 띄게 되었다.
　"아니, 이 사람. 중이 무슨 돈으로 비싼 택시를 타고 다니는고?"
　"신도분이 택시를 잡아 태워주시기에 그냥 타고 왔습니다요."
　그 제자는 생각없이 한 행동을 전혀 뉘우치는 기색이 없이 오히려 당당한 표정이었다.
　그도 그럴 것이 그 제자는 신도가 택시를 잡아준 호의를 생각하여 마지못해 타고 왔던 것이었다.
　제자의 설명에도 불구하고 동산 스님의 호된 꾸지람이 떨어졌다.
　"에이끼, 이런 못된 사람 같으니라구! 신도가 제 아무리 택시를 잡아주기로, 곧바로 내려서 걸어오던지, 버스를 타고 올 것이지 여기까지 택시를 타고 와? 돈을 그렇게 길바닥에 뿌리고 다니는 것은 죄를 짓는 것이야!"
　"예. 스님, 잘못되었습니다."
　제자가 표정을 한풀 꺾으며 몹시 송구스러운 기색을 보이자 스님이 한마디 덧붙였다.
　"신도가 주는 돈이라도 귀한 줄 알고, 아까운 줄 알아야지. 택시나 타고 다니면 중 노릇 제대로 못하는 법이야!"

스님은 이렇듯 제자들의 처신이 불가의 규범에 어긋날세라 늘 경계를 내리었다.

그러던 중 하루는 동산 스님의 시봉을 들던 선과 수좌가 고물상에서 헌 석유곤로 하나를 사왔다.

"스님, 죽 공양 드시지요."

선과 수좌는 새로 사온 석유곤로에 죽을 끓여 스님에게 올렸다.

"어, 그래. 그런데 오늘은 왜 이리도 빨리 끓여왔는고?"

평상시 같으면 아궁이에 불을 지피고도 한참을 끓여야 나올 법한 죽이 하도 빨리 된 것을 이상히 여긴 스님이 물었다.

"예, 스님. 석유곤로를 사다가 끓였더니 빨리 되던데요?"

선과 수좌는 마치 공적을 세우기라도 한 듯이 의기양양하게 대답하였다.

마침 죽 한 모금을 떠넣으려던 스님이 흠칫 들었던 수저를 멈추었다.

"무엇이라구? 무엇을 사다가 끓였어?"

"석유곤로 말씀입니다요, 스님. 그걸로 끓이니 아주 편하고 좋던데요, 스님?"

"아니, 그럼 그 석유기름을 부어서, 그 곤로불로 죽을 끓였단 말이더냐?"

"예, 스님."

동산 스님은 선과 수좌의 얘기를 듣던 중 들었던 수저를 도로 상 위에 내려놓으며 혀를 끌끌 찼다.

"허허, 이런 절 살림 망해먹을 녀석을 보았는가?"

"예에? 아니 왜 그러십니까요, 스님?"

"왜는 이 녀석아! 아, 그 비싼 석유를 사다가 그 불로 죽을 끓이다니, 너 대체 절 살림을 어찌할려고 그런 짓을 하는 게냐, 엉?"

"……."

스님의 호통을 듣고 보니 선과 수좌는 입이 열 개라도 할말이 없었다.

"시줏돈을 단 한 푼, 단 한 닢도 귀한 줄 알고 아까운 줄 알아야지, 어디다 그렇게 허풍허풍 써!"

동산 스님은 면구스러워 몸둘 바를 모르는 제자에게 호된 꾸중을 내리었다.

"……잘못됐습니다, 스님. 용서해주십시오."

"나 오늘 죽 안 먹을 테니 당장 내가거라!"

"예?"

"나 그런 비싼 죽 못 먹겠단 말이다!"

고물시장에서 헌 석유곤로 하나 사온 것 가지고도 이처럼 불호령을 내리는 스님이었으니, 범어사 대중들의 수행생활은 저절로 근검해지고 부지런해지지 않을 수가 없었다.

20
무진장 스님으로 바뀐 연유

동산 스님이 시자를 데리고 범어사를 떠나 팔송정까지 걸어가던 때의 일이다. 짓궂은 시자가 노스님께 여쭈었다.
"스님, 옛날 영명 연수선사께서 이르시기를, 만일 심장과 간을 도려내도 목석처럼 아무렇지 않은 사람은 고기를 먹어도 괜찮다고 하셨던데 정말 먹어도 괜찮은지요, 스님?"
동산스님이 대답하였다.
"그러니까 먹지 말라는 말씀이지."
시자는 이번엔 더 짓궂은 물음을 여쭈었다.
"또 이르시기를, 술을 마시되 소변 대변을 먹는 것과 같은 사람은 술을 마셔도 괜찮다고 하셨던데요?"
점점 더 맹랑한 질문만 해대는 시자에게 동산 스님은 또 같은 대답을 해주었다.
 "그러니까 마시지 말란 말씀이지."
 시자가 또 한 가지를 여쭈었다.
 "그리고 또 예쁜 여자를 볼 적에 시체와 다름없이 보는 사람은 음행을 해도 괜찮다고 그러셨던데요?"
 동산 스님이 그 짓궂은 시자에게 짐짓 엄한 음성으로 말하였다.
 "그러니까 음행을 하지 말란 말씀이지, 인석아!"
 "하지만, 걸림이 없는 사람은 구애받지 않으니 무슨 일이든 마음대로 하라는 거 아닙니까요, 스님?"
 스님은 나이 어린 철부지 시자의 짓궂은 물음에도 크게 역정을 내지는 않고 다만 엄히 타이를 뿐이었다.
 "얘 이 녀석아, 정작 걸림이 없는 그런 경지에 이른 사람은 고기를 먹어라, 술을 마셔라, 여자를 가져라 해도 먹지도 않고, 마시지도 않으며, 갖지도 않는 법이다. 하물며 걸림없는 경지에 이르지도 못한 범부 중생이야 더 말할 것 있겠느냐. 모두 삼가하고 멀리해야지."
 "하오나 스님……."
 시자는 그래도 의문이 풀리지 않았던지 무슨 말인가를 더하려고 하다가 제풀에 멈추었다.
 대신 스님의 말씀이 이어졌다.

"걸림없는 경지에 이르렀다고 자처하며 고기를 먹고, 술을 마시고, 여자를 가까이하는 놈은 스스로 지옥을 만들고 있느니라. 너 인석 알아들었느냐?"

"예, 스님, 명심하겠습니다."

시자는 더 이상 짓궂게 묻기를 포기한 채 다소곳이 스님의 뒤편을 좇아 팔송정으로 이르는 길을 걸어갔다.

'걸림없는 경지…….'

노스님을 뒤따라 걷는 시자의 마음속엔 어느덧 그 걸림없는 경지에의 소망이 하나의 신심으로 돋아나고 있는 중이었다.

얼마 후에 동산 스님이 서울에서 머물 적에 있었던 일이다. 경기고를 거쳐 인하공대 장학생으로 선발되어 재학중이던 김일수라는 청년이 출가를 자청하며 스님을 찾아왔다.

"이름이 일수라고 했더냐?"

"예, 스님."

동산 스님은 그 청년이 가져온 소개장을 유심히 들여다보았다.

"한 일자, 닦을 수자라……. 거 아주 중 이름 그대로구나그래, 네가 출가하겠단 말이지?"

"……예, 스님."

"그래? 그럼 날 따라서 대각사로 가자."

동산 스님은 대학생 김일수를 대각사로 데리고 가서 머리를 깎아주고 홍교라는 법명을 내려 또 제자로 삼았다.
　스님은 또한 이 홍교 수좌에게 태국 유학을 권유, 태국의 마하마굿 대학에서 불교학을 공부하도록 하였다.
　홍교 수좌가 4년만에 태국 유학을 마치고 범어사로 돌아왔을 때의 일이다.
　당시 범어사 강원에는 많은 학인들이 모여들어 불교 공부에 열중이었다. 홍교 수좌가 돌아왔을 때엔 마침 강의를 맡길 인물을 물색하던 중이었다.
　"저, 스님. 불교사와 인도철학은 누구더러 가르치라고 할까요?"
　강의시간표를 짜고 있던 제자가 동산 스님께 여쭈었다.
　"홍교더러 맡아서 가르치라고그래."
　그 제자에겐 홍교란 이름이 생판 낯설은 이름이었다.
　"……홍교가 누군데요, 스님?"
　"아니 이 사람, 홍교도 몰라? 태국 유학까지 갔다온 홍교 말야!"
　태국 유학을 갔다왔다는 말에 이르러서야 그 제자는 홍교 수좌가 누구인지를 알아차렸다.
　"아, 예, 스님. 허지만, 그 아이는 아직 낯이 덜 익었는데 괜찮겠습니까요?"
　"낯이 덜 익어서 곤란할 것 같다?"

"예, 스님."

학인들 가르치는데 낯이 익었건 덜 익었건 무슨 상관이 있을 것인가. 가장 중요한 것은 사람의 됨됨이와 실력인 것을.

동산 스님은 어리석은 제자의 잘못된 생각을 꼬집어 이렇게 말하였다.

"그럼 불에 구워서라도 익히지 그러느냐?"

처음엔 스님이 어쩐 일로 농을 건네는가 하여 어리둥절했던 그 제자는 잠시 후, 스님이 기실은 자신을 준엄하게 꾸짖고 있다는 것을 깨달을 수 있었다.

"……죄송하옵니다, 스님."

마침내 그 제자는 동산 스님의 분부대로 홍교 수좌에게 강의를 맡기었다.

동산 스님은 애초에 홍교 수좌를 입적시킬 때부터 훗날을 미리 내다보고 태국 유학을 권유했던 것이다.

이후 1962년 7월 5일 아침에는 청풍당 수각 앞에 웬 교복 차림의 소년이 당도하였다.

마침 밖으로 나가는 길이었던 동산 스님이 그 소년을 발견하였다.

"아니, 너 웬 아이더냐?"

"……예, 저…… 안녕하세요?"

쭈뼛거리며 꾸벅 스님께 인사를 올리는 그 소년을 유심히 바라보며 동산 스님이 물었다.

"어디서 왔는고?"

"예, 충청도 예산에서 왔습니다."

"허허, 거 멀리서 왔구나. 그래 여기는 무엇 하러 왔는고?"

그 소년은 이번에는 망설이는 기색도 없이 대뜸 대답하였다.

"예, 중이 되려고 왔습니다."

"무엇이? 중이 되려고 왔다?"

"예."

동산 스님은 더 이상 아무 말도 묻지 않은 채 방으로 들어갔다. 예산에서 왔다는 교복 차림의 소년이 스님의 뒤를 따라 조실로 들어갔다.

"이름이 무엇이던고?"

소년이 넙죽 큰절을 올리고 꿇어앉은 연후에 스님의 물음이 이어졌다.

"예, 송병욱이라 합니다."

"형제간은 몇이더냐?"

"이형제 중 장남입니다."

"아버지는 계시더냐?"

"예, 고향에서 전매청에 다니십니다."

소년은 스님이 묻는 대로 또박또박 공손하게 대답하였다. 눈매가 맑고 시원한 그 소년은 음성 또한 또랑또랑하였다.

스님의 물음이 다시 시작되었다.

"헌데, 어찌하여 중이 되려고 하는고?"

"예, 저 원효대사라는 소설을 읽고, 저도 원효대사 같은 훌륭한 스님이 되려고 그럽니다."

"허허허! 원효대사가 되고 싶다?"

"예."

소년의 태도는 무척이나 진지하였다. 동산 스님은 만면에 인자한 미소를 띄우고는 그 소년을 바라다보았다.

"너 아직 아침을 먹지 못했으렸다?"

"……예."

소년이 머뭇거리며 대답하였다. 밤새 기차를 타고 부산까지 내려왔을 터이니 배가 고프지 않을 턱이 없었다.

동산 스님은 방문을 열고 상좌를 불렀다.

"거기 밖에 심인이 있느냐?"

"예, 스님."

"이 아이 데려다 아침 먹이고, 중이 되려고 왔다 하니 받아주어라."

"예, 스님. 분부대로 하겠습니다."
심인 상좌가 소년을 데리고 나갔다.

그리고 한 열흘쯤 지난 어느 날이었다.
"며칠 전 예산에서 온 그 아인 지금 어디 있느냐?"
동산 스님이 심인 상좌에게 물었다. 상좌는 그 소년이 종무소 시자로 가 있노라고 말씀드렸다.
"그런 곳에 보내놓으면 아이 버리네. 오늘부터 데려다가 내 시봉을 들게 하여라."
"그 아이를 조실스님 시봉 들게 하라구요, 스님?"
심인 상좌는 적이 놀란 표정이 되었다. 그러나 동산 스님은 말없이 고개를 끄덕일 따름이었다.
"……예, 스님. 분부대로 하겠습니다."
이리하여 절에 온 지 며칠 되지도 않은 소년 행자 송병욱은 동산 스님의 시봉을 맡게 되었다.
이듬해 음력 9월 초여드렛날, 동산 스님은 당신의 시봉을 들던 송행자를 불러 앉히고는 옥양목 장삼과 오조가사, 그리고 발우 한 벌을 친히 내려주었다.
"그대가 내일 계를 받을 것이니 이 가사장삼, 그리고 발우를 받아라. 내가 너에게 주는 것이야."

"……감사하옵니다, 조실스님."

송행자는 조실스님으로부터 직접 전해받은 가사장삼 등속을 소중한 보물처럼 끌어안은 채 방바닥에 엎드려 스님께 절을 올렸다.

"중이 중옷을 입는 것은 군인이 군복을 입는 것과 같은 것! 안으로는 자기 자신과 싸우고, 밖으로는 사마외도와 싸우는 데 입는 전투복이야."

"……예, 스님."

"승복을 입으면 무서운 것이 없어. 부처님의 제자가 됐으니 중 노릇만 잘하면 팔부신장님이 지켜주실 것이고, 모든 속인들도 받들게 돼 있어, 삭발염의한 중은 호랑이도 못 물어가고, 나랏님도 함부로 못 해. 게다가 또 가사장삼은 해탈복이야. 잘 간수하고 중 노릇 잘해!"

"예, 스님. 감사하옵니다!"

동산 스님은 손자를 앞에 앉혀놓고 글을 가르쳐주는 할아버지와 같이 자애로운 가르침으로 소년을 감싸주었다.

출가한 지 일 년만에 계를 받아 이제 사미의 길로 들어서게 된 소년 송병욱에게 동산 스님은 원명이라는 법명을 내려주었다.

제자들이 잘못을 저지르면 호되게 꾸짖고, 때로는 따귀를 올려붙이기도 했던 동산 스님이었으나 나이 어린 제자들에게는 언제나 부처님처럼 자비롭고 포근하기 그지없는 스승이었다.

하루는 동산 스님이 향운, 원명 두 제자들에게 먹을 갈도록 일렀다.
"아, 이 녀석아, 먹은 그렇게 가는 것이 아니야. 먹을 갈 때에는 참새 힘으로 갈아야 하고, 글씨를 쓸 때에는 황소 힘으로 써야 하는 것이야. 허허, 힘을 빼래두그래!"
동산 스님은 제자들에게 먹 가는 법부터 하나하나 일러준 연후에 붓끝에 먹물을 듬뿍 묻혀 글을 써내려갔다.
"원명아. 너 어디 한번 읽어봐라."
글씨를 다 쓴 후에 스님은 그 중 나이가 어린 원명 상좌에게 먼저 읽어보게 하였다.
"……예, 마, 하, 대, 법, 왕……"
원명 상좌는 한자 읽기가 조금은 버거웠던지 떠듬거리며 천천히 읽어 내려갔다.
"향운아! 이번엔 네가 한번 줄줄 읽어봐라."
"예, 스님."
원명 상좌보다는 절밥 먹은 연한이 길었던 탓인지 향운 상좌의 글 읽는 소리는 제법이었다.
"마하대법왕, 무단역무장. 본래비주백 수처현청황이옵니다, 스님."
"그래, 그래. 잘 읽었다."

 동산 스님은 제자의 글 읽는 솜씨가 웬만한 것을 보고 매우 흡족한 음성으로 말하였다.
 "저, 무슨 뜻인지요, 조실스님?"
 갓 사미가 된 원명 상좌가 여쭈었다. 동산 스님은 그 글귀의 뜻을 제자들에게 자상하게 설명해주었다.
 "진리의 왕이신 부처님은 길고 짧은 것도 없으시고, 또 본래 붉다거나 희다거나 그러시지 않으시되, 때에 따라 푸르게도, 누르게도 나타나신다, 이런 뜻이니 다시 말을 하자면 부처님은 상대적 관념이나 가시적 차등의 세계에 계신 분이 아니신 초월자이시다. 때와 장소의 인연에 따라 이렇게도 나투시고, 저렇게도 나투신다 이런 말이야."
 원명 상좌가 스님의 말씀을 깊이 알아듣고 다시 여쭈었다.
 "아, 예, 하오면 이 글은 어디다 둘까요, 스님?"
 "어디다 둘 게 아니라, 판각을 해서 대웅전 주련으로 붙일 것이야."
 동산 스님은 그 글귀를 여러 제자들과 대중들이 볼 수 있는 곳에 걸어두어 읽는 이들 모두에게 신심을 불어넣어주고자 하였다.
 "판각을 누구에게 맡기시게요?"
 향운 상좌의 물음에 동산 스님은 망설이지도 않고 분부를 내렸다.

"혜명이를 불러와! 어서 빨리."

당시의 혜명 수좌는 오늘날의 포교원장 무진장 스님이다. 보지 않는 것 같으면서도 제자들의 면면을 꿰뚫어보고 있던 동산 스님이 혜명 수좌의 글 쓰는 솜씨가 남달리 뛰어나다는 것을 모르고 있을 리 없었다.

"혜명이 너, 이 글 알아보겠느냐?"

혜명 수좌가 조실로 들어섰다. 다소곳이 무릎 꿇고 앉은 혜명 수좌가 동산 스님의 물음에 공손히 대답해 올렸다.

"예, 스님, 알아보겠습니다."

"그럼, 이 글 이대로 판각을 하도록 해라."

"파…… 판각이라니요, 스님?"

"아, 인석아 이 글씨를 판자에다 이대루 새기란 말이다."

"아, 알겠습니다, 스님. 하온데 스님……."

"왜, 판각을 못하겠다 그런 말이냐?"

"아, 아니옵니다. 해, 해보겠습니다, 스님."

혜명 수좌는 차마 그때까지 한 번도 판각이라는 것을 해본 적도, 남이 하는 것을 구경해본 적도 없노라고 말씀드릴 수가 없었다.

노스님의 지엄한 분부를 따르자니 눈앞이 아득하고 막막할 뿐이었으나 이왕 대답을 했던 바에야 하지 않으면 안 되는 일이라는 것을 그 자신 누구보다도 잘 알고 있었던 것이다.

　혜명 수좌는 하는 수 없이 연필 깎는 주머니칼 하나를 구해왔다. 아무 도구도 없이 그것으로 판각을 해나가기 시작한 것이다.
　밤과 낮, 보름이 걸려 스님이 건네준 글씨를 다 파고 나니 혜명 수좌의 손바닥은 온통 찢어지고 갈라져서 피투성이가 되었다.
　더구나 온 정성과 노력을 바쳐 글씨 판각을 했던 터라 혜명 수좌는 그 일이 끝나자마자 몸살이 나고 말았다.
　혜명 수좌가 판각을 마치고 뒷방에 들어누워 끙끙 앓고 있다는 소리가 동산 스님 귀에까지 들어가게 되었다.
　"혜명이 여기 있느냐?"
　소식을 듣고 뒷방으로 찾아간 동산 스님의 목소리에 혜명 수좌는 깜짝 놀랐다.
　"……예……스님."
　혜명 수좌는 간신히 몸을 일으키려 했으나 몸이 말을 듣지 않았다.
　"가만, 가만 누워 있거라."
　동산 스님은 예를 갖추려는 혜명 수좌를 도로 자리에 눕히고는 이불을 다독거려 주었다.
　"그동안 고생했구나. 헌데 혜명이 네 재주가 무진장이더구나, 응? 허허허."
　"아, 아니옵니다. 스님……."

생전 처음 해보는 판각을 두고 재주가 무진장이라 추켜세워주는 스님의 칭찬을 받게 되니 혜명 수좌의 낯빛이 발그레 붉어지는 것이었다.

동산 스님은 손 안에 무언가를 꼬옥 쥐고 있다가 그것을 혜명 수좌에게 내밀었다.

"자, 이거 사탕이다. 이거 먹고 나면 한결 나을 것이니라. 어서 먹어라, 응?"

"……예, 스님. 감사합니다."

혜명 수좌는 사탕 몇 알에 담긴 스승의 지극한 사랑에 감읍하여 그날로 자리에서 일어나 다시 용맹정진하게 되었다.

"혜명이 네 재주가 무진장이로구나, 응?"

동산 스님이 노고를 치하하며 해주신 말씀을 좇아 이 스님은 법명을 혜명에서 무진장으로 바꾸게 된 것이다.

동산 스님은 얼마 후 다시 한 편의 주련을 써서 무진장 스님으로 하여금 판각하게 하였다.

싱그러운 광명이 만고에 빛나니
이 문 안에 들어오면 알음알이를 두지 말라.

이렇게 해서 범어사 대웅전과 불이문 기둥에는 동산 스님이 쓰

고, 무진장 스님이 판각한 주련이 오늘날까지 그대로 그 자리에서 참배객들을 맞아주고 있다.

21
한약 된장국

 불교정화운동도 제 모습을 갖추어가고 통일종단이 수립되었다.
 동산 스님은 애초부터 벼슬을 하거나, 종단에 관여할 뜻이 있었던 게 아니었다. 다만 왜색 불교에 무너져가는 이 나라 불교의 기강과 승풍을 바로잡고자 잠시 절에서 내려왔던 것뿐이었다.
 이제 어지럽던 종단의 문제도 수습되었고 해방 후에도 기승을 부리던 왜색사판승들도 사찰의 호법중으로 정리되어 절간의 규율도 각기 자리를 잡아가는 중이었다.
 동산 스님으로선 더 이상 종단에 머물러 있을 이유가 없었다. 하여 스님은 두 번째 종정자리도 내놓은 후에 범어사로 다시 내려가게 되었다.
 그곳에서 스님은 다시금 수행 정진을 하는 한편, 납자(衲子)들을 지도하던 중 하루는 원명, 계전, 반월, 영환 등의 제자들을 불러 앉히었다.

"삭발염의 왈, 치요, 입산수도 왈, 문이란 말이 있다. 머리 깎고 중옷 걸치면 그게 껍데기 중물이 드는 것이고, 참으로 산문에서 수도를 잘하면 그게 진짜배기 속중이 되는 것이야. 너희들은 대장부로서 큰뜻을 품고 산에 들어왔으니 환골탈태하여 무언가 달라져야 해. 중은 그저 대오각성해서 일대사 인연을 요달해야 돼! 안 그러면 쓸데없이 중 노릇하면서 지옥을 장만하는 게야. 계전이, 영환이 내 말 알아들었느냐?"

"예, 스님."

"원명이, 반월이도 내 말 뜻 알겠느냐?"

"예, 스님. 잘 알겠습니다."

동산 스님은 제자들의 신심 깃든 대답 끝에 다시 한마디를 덧붙였다.

"중다운 중 노릇 제대로 하지 않으면 지옥이 삼천 개일 것이니 너희들은 이 점을 명심해야 할 것이야!"

그해 겨울이었다.

청풍당에서는 때 아닌 된장국 소동이 일어났다. 대중들의 아침 공양에 된장국이 나왔는데 국솥에 시레기 대신 한약 달인 찌꺼기가

들어 있었던 것이다.

"어? 이거 국맛이 왜 이렇지?"

"글쎄 말이야. 무슨 해괴한 건더기가 들어갔는데? 왜 국에서 약 냄새가 나지?"

"가만! 이것 봐. 이건 시레기가 아니라 한약찌끼잖아! 보라구, 이건 감초. 이건 당귀, 숙지황 붙은 것하며……."

대중들 사이에선 일대 소란이 벌어졌다. 한 쪽에선 갱두가 사색이 되어 벌벌 떨며 안절부절 못 하고 있었다. 절간에서 된장국 끓이는 소임을 맡은 사람을 갱두라 칭하는데, 된장국이 잘못 되었으니 안색이 새파랗게 질릴 수밖에 없던 터였다.

"이보게, 갱두! 대체 이게 어찌 된 일인가, 응? 된장국에 왜 감초가 들어갔냐구?"

"이런 걸 어떻게 먹으라는 게야?"

"조실스님 아시면 자네 경치게 생겼네그려. 원 자기 소임 하나 제대로 못 하니, 쯧쯧……."

스님들이 한마디씩 나무라며 통 수저를 들려고도 하지 않으니 갱두는 더욱 속이 타서 눈물을 뚝뚝 흘려대는 것이었다.

마침내 동산 스님이 이 사실을 알게 되었다.

"대체 웬 소란이었던고? 영환이 네가 말해보아라."

동산 스님의 물음이 떨어지자 대중들은 일순 찬물을 끼얹은 듯 조용해졌다. 영환 수좌가 적이 면구스러운 음성으로 대답하였다.
"예, 스님. 이 된장국에 한약 찌꺼기가 들어가서 그렇습니다요."
"된장국에 한약이 들어가다니? 어떻게 된 일이더냐, 원명아!"
이번엔 원명 수좌가 몸둘 바를 모른 채 고하였다.
"예, 간밤에 스님 약 짜 올리고 남은 덩어리를 시렁에 올려놓았었는데, 그걸 시레기 덩어리인 줄 알고 그 옆에 있던 시레기 덩어리와 함께 풀어 된장국을 끓인 모양입니다, 스님."
원명 시자가 모든 사실을 고해 올리는 동안 갱두는 눈물을 줄줄 흘리며 뒤늦게 자신의 경솔함을 뉘우치고 있었다.
날이 채 밝기도 전인 꼭두새벽에 대중들 공양 준비를 하느라 공양간으로 먼저 가야 했던 갱두가 그만 추운 겨울 날씨에 잠도 덜 깬 눈으로 시레기 덩어리를 손으로 더듬어 넣다가 그만 실수를 했던 모양이었다.
대중들은 틀림없이 동산 스님이 갱두에게 불호령을 내릴 것이라 짐작하고 모두가 간이 콩알만해졌다.
그런데 이게 웬일인가.
동산 스님은 역정을 내기는커녕 오히려 껄껄 웃어대는 것이었다.
"허허허허! 여러 대중들은 다들 잘 들어라."
"예, 스님."
대중들이 다 같이 소리를 모아 대답한 연후에 스님의 말씀이 이

어졌다.

"그동안 내가 먹을 것이 생기면 무엇이든 빼놓지 아니하고 대중 공양을 시켰는데 이 한약만은 여러 대중과 나누어 먹지 아니하고 나 혼자만 먹어 왔다. 그래서 그 잘못을 깨우쳐주시려고 부처님이 오늘 한약 된장국을 끓이게 하신 게야."

뜻하지 않았던 스님의 이야기를 듣던 대중들 사이에선 쿡쿡 웃음소리가 났다.

"한약 된장국이라셨지? 히히, 난 세상에 한약 된장국이란 말씀은 처음 듣는걸?"

"그러게 말이야, 쿡쿡……."

대중들은 이렇듯 서로 옆구리를 쿡쿡 찔러대며 웃음을 참지 못하고 있었는데 동산 스님의 다음 말이 이어졌다.

"인석들아 웃을 일이 아니야! 자, 그럼 오늘은 한약도 대중공양을 하는 것이니 너희들이 맛있게 먹으면 그동안 나 혼자만 한약을 먹은 내 허물이 씻겨질 것이니라, 응? 허허허허!"

"하하하하!"

제자들이 정성껏 달여드리는 보약마저도 당신 혼자 드시는 게 늘 마음에 걸렸던 듯, 동산 스님의 이야기는 그 어느 때 듣던 법문보다도 자비로움이 넘쳐나는 말씀이었다.

청풍당의 여러 대중들은 스님의 넓고 큰 아량에 그저 탄복하며 생전 들도 보도 못한 한약 된장국을 기꺼이 맛있게 먹을 수 있었다.

그럭저럭 공양이 끝난 뒤, 국을 잘못 끓인 갱두가 동산 스님 앞에 엎드려 잘못을 빌었다.

"참으로 죽을 죄를 지었사오니 조실스님께 참회하옵니다. 엄한 벌을 내려주옵소서."

동산 스님은 그제껏 마음을 졸이느라 입술이 바짝 타들어간 갱두에게 참으로 인자한 미소를 지어 보였다.

"그만 되었느니라. 컴컴한 공양간 시렁에서야 선잠 깬 새벽에 그만한 실수는 있을 법한 일. 네 덕택에 대중들이 한약을 다 함께 먹었으니 이 아니 좋은 일이냐, 응? 허허허."

나이 어린 갱두는 동산 스님의 후덕한 도량에 감읍하여 다시는 이 같은 불찰을 범하지 않게 되었다.

이듬해인 1964년 봄.

동산 스님은 종원 수좌와 원명 시자를 데리고 대전에서 보살계를 설한 연후에 속리산 법주사 복천암에 잠시 머물게 되었다.

"얘, 종원아."

"예, 스님."

"내일 법주사 미륵부처님 점안식을 올려야 하는데 내 머리 좀 깎

아줘야겠다."

 종원 수좌는 노스님의 머리를 깎아드리기 위하여 조심조심 삭도질을 하였다.
 그런데 너무 주의를 하다 보니 오히려 손이 떨리는 통에 종원 수좌는 노스님의 머리에 상처를 내고 말았다.
 불가에서는 아주 작고 사소한 일일지라도 신심과 정성을 다해 소임을 마쳐야 하거늘, 감히 노스님 머리에 삭도로 상처를 내고 말았으니 종원 수좌는 심장이 덜덜 떨리는 것이었다.
 보나마나 노스님한테서 불호령이 떨어질 게 뻔한 노릇이었다.
 종원 수좌는 떨리는 손길로 노스님의 머리에 생긴 상처에 수건을 갖다대며 그 사실을 고하였다.
 "저, 스님……. 제가 그만 잘못해서 포를 뜨고 말았습니다요."
 분명 머리에 상처를 내던 순간에 모든 걸 알아차렸을 스님이었건만, 그때까지도 스님은 잠자코 있다가 종원 수좌의 이실직고를 듣고는 마침내 껄껄 웃어주는 것이었다.
 "그래? 거 어쩐지 머리통이 시원하다 했지. 아, 인석아, 기왕에 포를 떴으면 소금까지 뿌려야 안 상할 것 아녀, 응? 허허허!"
 제자들이 큰 잘못을 했을 때에는 바라보는 눈빛만으로도 옴쭉달싹 못할 만큼 호된 꾸중을 내리는 동산 스님이었으나, 그 반면엔 이처럼 어질고 자애심이 가득한 분이었으니 제자들이 언제까지나

우러러 흠모하는 것은 당연한 일이었다.

 가히 백여 명이 넘는 상좌들을 받아들여 부처님 제자로 키워낸 동산 스님이었으며 그 제자들 모두가 스님의 제자된 것을 자랑으로 여기게 된 것 또한 스님의 크나큰 적덕(積德), 적선(積善)의 결과인 것이다.

22
동산이 물 위에 떠다니니
일월이 빛을 잃었도다

　젊은 날, 세속적으로 입신양명의 길이 훤히 보장된 삶을 초개와 같이 버리고 홀연 중생의 병든 마음을 구제하고자 출가득도의 큰길로 들어섰던 동산 스님.
　불교정화운동을 위하여 두 번씩이나 산사를 물러나왔고, 인재양성을 위하여는 한 끼 죽을 열 대중이 나누어 먹을지언정 상좌 들이기를 마다하지 않았던 동산 스님은 일생을 가람정비와 포교를 위하여 단 하루도 쉬지 아니하였다.
　비가 오나 눈이 오나 가리지 않고 전국 방방곡곡 스님의 법문을 필요로 하는 곳이면 어디든 찾아가 설법을 내려주었던 스님은 세수 75세인 1964년 6월14일에도 속리산 법주사에 건립된 미륵불상 중건불사 회향 점안식에 증사로 나아가 설법을 내려주었다.

법주사 불사를 회향한 연후에 동산 스님은 그길로 수원 용주사와 포교당에서 보살계를 설하고, 이어 8월 23일에는 통도사를 참배, 구하 스님께 문안을 드리었다.
　뿐만 아니라 8월 29일에는 부산항을 출입하는 선박들의 안전항해를 기원하기 위하여 영도에 건립된 십일면 관세음보살상 점안식에 증사로 나아가 설법을 전하기도 하였다.
　제자들은 동산 스님의 이 같은 불철주야 수행정진, 포교행보를 접해오는 동안 과연 참다운 불자의 도리란 게 무엇인지를 깨달아가고 있었다.
　동산 스님의 제자 이능가 스님은 이 당시의 스님을 회상하기를, 마치 불교정화와 종단안정을 위하여 마지막 정성을 다 바치는 분 같았다고 이야기한다.
　이능가 스님의 뇌리에는 늘상 이 나라 불교의 앞날을 걱정해 마지 않았던 동산 스님의 모습이 떠나지 않는다고 한다.
　한번은 이능가 스님이 조계종 총무원 일 문제를 두고 고민하던 적이 있었다.
　가능하다면 종단의 일보다는 산사에 남아 수행에 전념하고 싶은 능가 스님이었으나, 종단의 일이 맡겨진 이상 모른 체하고만 있을 수도 없는 터였다.
　결국 능가 스님은 종단 일을 맡기는 하였으되 그 쪽 일에 성심을

다할 수 없을 만큼 마음의 갈피를 잡을 수가 없었다.

이 문제를 두고 오래 심사숙고하던 끝에도 결론을 내리지 못한 능가 스님은 마침내 동산 스님을 찾아뵙고 모든 걸 털어놓았다.

어려운 문제일수록 은사스님인 동산 스님에게 풀어놓고 보면 무언가 실마리를 찾게 될 것만 같았기 때문이었다.

"스님, 종단 일을 계속 맡아야 할지 어째야 될지 쉬 결정할 수가 없사옵니다. 방법을 일러주십시오."

"총무원 일 맡기가 귀찮고 괴롭다 이거지?"

동산 스님은 제자의 첫마디에 벌써 하려던 얘기가 무엇인지를 꿰뚫어보고 능가 스님을 타이르듯이 말하였다.

"허지만 우리가 불교정화를 완성시키지 못하면 장차 이 나라 불교는 어찌 될 것인가? 아무리 어렵더라도 종단 일을 열심히 하도록 하게."

"……예, 스님. 분부대로 하겠사옵니다."

그후 능가 스님은 은사스님의 가르침대로 총무원 일을 불가의 소중한 소임으로 알고 성심을 기울이게 되었다.

또한 동산 스님의 제자였던 광덕 스님의 기억에는, 제자들을 친자식처럼 아끼고 사랑하셨던 은사스님의 자애로운 모습이 언제나 한폭의 아름다운 정경으로 되살아나고 있다.

동산 스님이 청풍당에 공부하러 온 수좌들이면 누구나 귀한 인재로 여겨 받아주었다는 것은 이미 말한 바가 있거니와, 하루는 그 수좌들이 방선 시간에 큰 소리로 떠들고 놀았던 모양이었다.
　동산 스님은 철없는 제자들을 꾸짖는 대신 흡족한 미소를 띠우고는 그들을 사랑스럽게 보아 넘기더라는 것이다.
　"허허 저런! 공부하는 녀석은 한 놈도 없구먼그래! 허지만 그래도 없는 것보다는 낫지, 응? 허허허……!"
　이렇듯 수많은 제자들이 곁에 있는 것을 큰 즐거움으로 여기었던 동산 스님이 또 하루는 크게 역정을 내게 된 일이 생겨났다.
　당시 스님의 시봉을 들던 지흥 수좌가 그만 주의를 게을리한 탓에 비싼 한약을 태워버렸던 것이다.
　"네 이놈! 무릇 절간에서 하는 일은 지푸라기 하나를 태우더라도 신심과 정성이 들어가야 하는 법이거늘, 약 달이는 아궁이 하나 제대로 지키지 못하고 네가 무슨 중 노릇을 하겠다는 게냐? 너같이 게으르고 속 없는 놈은 절간에서 수행할 자격도 없는 놈이니, 썩 걸망 싸들고 나가거라!"
　"스님, 잘못되었습니다……."
　"듣기 싫다! 어서 당장 나가지 못해?"
　동산 스님의 불 같은 역정에 백배사죄하며 참회하던 지흥 수좌는 더 이상 아무 말도 못한 채, 걸망을 싸기 위하여 뒷방으로 나아갔

다.

"이보게, 지홍 수좌! 조실스님이 지금은 저러시지만 곧 자네를 용서해주실 게야. 너무 상심하지 말게나."

"……."

"지홍 수좌! 노스님께서 나가라고 하셨다고 자네가 정말로 이곳을 떠난다면 그 또한 은사스님께 큰 죄를 짓는 게야. 그러니 예서 자중하고 있다가 나중에 다시 한번 용서를 빌어보게나, 응?"

걸망을 싸며 하염없이 울고 있는 지홍 수좌를 다른 수좌들이 애써 위로해주는 동안에도 지홍 수좌의 눈물은 그칠 줄을 몰랐다.

지홍 수좌는 절간에 들어와서 생전 처음 그렇듯 서럽게 울었다. 속세를 버리고 출가득도하여 견성성불 하겠노라는 다짐도, 깨달음을 얻어 고해중생을 제도하겠노라던 소망도 이제 그 한 번의 불찰로 물거품이 되는 것만 같았다.

지홍 수좌가 울다가 지쳐 잠이 들었을 때에는 모든 절 식구들이 잠든 한밤중이었다.

"얘, 지홍아!"

지홍 수좌는 잠결에 얼핏 뒷방문이 열리는 소리를 듣고는 깜짝 놀라 일어나 앉았다. 어두컴컴한 뒷방문을 열고 들어서는 이는 분명 조실스님이신 동산 스님이었다.

"널 야단친 것은 정신 똑바로 차리고 중 노릇 잘하라는 것이지,

널 이 절에서 내쫓으려고 한 게 아니다. 인석아, 걸망 다시 풀어놓고 중 노릇 잘하도록 해!"

"스님……."

동산 스님은 짐짓 엄하게 제자를 타이르면서도 한편으로는 손수 제자의 이불깃을 여며주기까지 하는 것이었다.

당시의 지흥 수좌는 바로 오늘날의 백운 스님이다. 백운 스님은 아직까지도 그날 밤 그 포근했던 스님의 손길을 잊을 수가 없다고 말한다.

이듬해인 1965년 음력 삼월 보름, 동산 스님은 범어사 금강계단 65회 보살계 산림을 맡게 되었다.

연사흘간 계속된 설법 끝에 마지막 날에 이르러서는 스님의 법문을 듣고자 더욱 많은 사람들이 모여들었다.

"이 세상 모든 중생들은 하나같이 모두다 부귀영화를 탐하고 있어! 허나, 벼슬도 재물도 풀잎에 이슬이요, 물 위에 거품인 게야! 아, 인생살이 그 자체가 한 토막 꿈이거늘, 부귀영화가 무엇이란 말인가! 헛 욕심들 버려! 헛욕심을 버리지 못하면 추하게 되는 게야! 더럽게 벼슬살고, 치사하게 재물을 쌓으면 그건 복이 아니라 재앙이 되는 게야!……내 오늘 이제 법문을 마치겠거니와, 나는 이 자리에 다시는 오르지 못할 것이니, 오늘 보살계를 받은 여러

대중들은 내가 사흘 동안 설한 법문을 마음에 새겨 좌우명을 삼고, 부지런히 정진들 하시오! 깨끗하게 살고, 당당하게 살고, 자비롭게 살고, 착하게들 사시오!"

쿵! 쿵! 쿵!

엄숙한 주장자소리와 더불어 법상을 내려서는 노스님의 자태가 그날따라 대중들의 눈엔 무척이나 거룩하게 느껴졌다.

천천히 걸음을 떼어놓으며 그 자리에 모여선 대중들을 차례로 굽어보시는 노스님의 자비심 가득한 시선에 영롱한 광채가 어려 있는 것도 같았다.

동산 스님은 이렇듯 당신의 열반을 미리 예언하고 법상에서 내려왔던 것인데 그로부터 닷새 후인 음력 삼월 스무 날 아침이었다.

"얘, 계전아."

동산 스님은 아침 일찍이 계전 수좌를 방으로 불러들였다.

"내 가사장삼을 준비하도록 해라. 금정사 방생법회에 가야 할 것이야."

계전 수좌는 불과 닷새 전까지만 해도 연이어 삼일 동안 보살계 설법을 준비하느라 고생하신 노스님의 건강을 염려하여 이를 간곡히 만류하려 했다.

"스님, 제발 오늘은 좀 쉬시지요."

"허허, 한번 가기로 약조한 일을 어기란 말이냐?"

"하오나 스님, 건강도 좀 살피셔야지요."
"내 걱정일랑 말고 어서 가사장삼이나 챙기래두 그러는구나."
 동산 스님은 기어이 제자의 만류에도 불구하고 금정사 방생법회에 나가 설법을 하였다.
 스님은 이렇듯 당신의 노쇠한 몸을 돌보기보다는 부처님의 말씀이 아니고는 주체할 길조차 없는 뭇중생들의 병든 마음을 염려하였던 것이다.
 그로부터 사흘 후인 음력 삼월 스무사흘 날.
 그날도 동산 스님은 새벽 2시 30분에 자리를 걷고, 언제나처럼 새벽 예불에 참례한 연후에 여러 제자들과 함께 아침 공양을 하였다.
 그런 다음에 참선, 대중과 더불어 도량 청소하는 것도 그 어느날과 다르지 않았다.
 또한 여느 때와 마찬가지로 죽 한 그릇의 아침 공양도 산삼, 인삼을 드실 때처럼 맛있게, 볍씨가 뿌려진 땅으로부터 그것을 거두어 알곡으로 만들어준 농부들, 그리고 식전에 그 알곡들을 씻고 익혀 죽으로 만들어 올린 공양주에 이르기까지, 모든 이들에게 감사하며 아주 맛있게 드셨다.
 또한 참선은 물론 도량 청소에 있어서도 부처님의 상을 다루듯 조심스럽게, 온갖 신심과 정성을 기울여 도량을 비질하는 모습이

제자들 보기에 다른 때보다 더욱 거룩한 몸짓으로 보여졌다.
"얘, 계전아!"
그날 오후, 동산 스님은 조용히 계전 수좌를 불러 찾았다.
"예, 스님. 부르셨사옵니까?"
"나 좀 고단하니 쉬어야겠다."
"예, 스님. 그렇게 하시지요."
계전 수좌는 아무 생각 없이 스님의 자리를 펴드리고는 바깥으로 나왔다.
"스님, 스님……."
오후 여섯 시쯤, 계전 수좌는 저녁 공양 시간이 지났는데도 동산 스님 방에서 기척이 없는 걸 이상히 여기었다.
문 밖에서 조용조용히 스님을 불러보아도 아무 대답이 없자 방 안으로 들어간 계전 수좌는 한동안 그 자리에 굳은 듯이 멈춰 서 있었다.
마치 달디단 낮잠이라도 즐기시는 듯 동산 스님은 편안히 자리에 누운 채로 입가에 잔잔한 미소까지 띄운 채였다.
"스님……."
계전 수좌는 이윽고 정신을 가다듬어 동산 스님에게로 다가갔다. 설마하니 동산 스님이 그리도 허망하게 열반하실 줄이야 그 누구도 생각지 못했던 일이었다.

"스님? 스니임……?"

계전 수좌는 마침내 노스님이 주무시는 듯 그대로 열반에 들었다는 걸 깨닫고는 목메어 큰스님을 부르는 것이었다.

이제 동산 스님은 당신의 은사스님이신 용성 스님의 열반을 통하여 깨우친 무상법문을 스스로 제자들에게 보임으로써 삶도, 죽음도 없는 정토(淨土)에의 길을 떠나신 것이다.

스님의 세속 나이 76이요, 법랍 53년. 이 나라 불교계의 큰별 한 분이 홀연 몸을 바꾸었으니, 때는 1965년 음력 3월 23일 오후 6시였다.

동산 스님의 열반 소식을 접하고 황망히 달려온 스님들이 2천 명에 달하였고, 신도들은 줄잡아 3만여 명이나 되었다.

가히 동산 큰스님의 거룩한 족적과 크신 덕화가 그렇듯 많은 사람들의 흠모와 추앙을 받기에 부족함이 없었다 할 것이다.

청담 스님은 이날 동산 큰스님의 덕화를 기리는 조사를 바쳤으며, 그 조사를 접하는 수많은 대중들 또한 큰스님의 극락왕생을 빌며 눈물을 떨구었다.

큰 법당이 무너졌구나!
어두운 밤에 횃불이 꺼졌구나!
어린 아이들만 남겨두시고

우리 어머니는 돌아가셨구나!
동산이 물 위에 떠다니니
일월이 빛을 잃었도다
봄바람이 무르익어
꽃이 피고 새가 운다.